कमलेश जैन

शिक्षा : एम.ए. (अंग्रेज़ी), एल.एल.बी.।

पटना उच्च न्यायालय में 13 मई, 1975 से दीवानी, फ़ौजदारी एवं संवैधानिक मामले की वकालत की शुरुआत। चार जनहित याचिकाएँ दायर कर चुकी हैं। बोका ठाकुर एवं रुदल साहा के मुक़दमों में सफलता प्राप्त की, पर डॉ. सन्ध्या दास के मुक़दमे में बुरी तरह हार का सामना करना पड़ा। इस मुक़दमे में उन्होंने मुवक्किल के एक विचित्र बीमारी से ग्रसित होकर बिस्तर पर पड़े रहने के कारण उसके स्वेच्छा से अवकाश प्राप्त कर पेंशन आदि की माँग की थी। इस पुस्तक को लिखने की मूल-प्रेरणा यह मुक़दमा ही है।

प्रकाशन : यदा-कदा पत्र-पत्रिकाओं में सामाजिक-क़ानूनी लेख। पहली पुस्तक अंग्रेज़ी में 'ज्यूडिशियरी ऑन ट्रायल'। इसका हिन्दी अनुवाद 'न्यायपालिका कसौटी पर'। 'एचआईवी/एड्स : शताब्दी का सबसे बड़ा धोखा' बहुचर्चित कृति।

सम्प्रति : उच्च न्यायालय, पटना में वकालत।

न्यायपालिका कसौटी पर

कमलेश जैन

अनुवाद

रंजीत वर्मा

पहला पुस्तकालय संस्करण
राजकमल प्रकाशन प्राइवेट लिमिटेड द्वारा
2001 में प्रकाशित

राजकमल पेपरबैक्स में
पहली आवृत्ति : 2023

राजकमल पेपरबैक्स : उत्कृष्ट साहित्य के जनसुलभ संस्करण

राजकमल प्रकाशन प्रा. लि.
साइंस कॉलेज के सामने, अशोक राजपथ, पटना-800 006
प्रधान कार्यालय 1-बी, नेताजी सुभाष मार्ग, दरियागंज, नई दिल्ली-110 002
शाखाएँ : पहली मंजिल, दरबारी बिल्डिंग, महात्मा गांधी मार्ग, प्रयागराज-211 001
1, अनमोल सोराबजी संतुक लेन, धोबी तलाव, मरीन लाइंस, मुम्बई-400 002
वेबसाइट : www.rajkamalprakashan.com
ई-मेल : info@rajkamalprakashan.com

राजकमल प्रेस
नई दिल्ली-110 002
द्वारा मुद्रित

मूल्य : ₹199

NYAYAPALIKA KASAUTI PAR
by Kamlesh Jain

ISBN : 978-81-19835-41-6

यह पुस्तक समर्पित है
आजाद देश के
उन असहाय और दलित नागरिकों को-
जो कैद हैं और
जिनके साथ व्यवस्था और पुलिस
सलूक करती है
गुलामों की तरह,
जिनके लिए
साधारणतया
तीव्रगति से नहीं चलता
न्याय-चक्र
जिन्हें असंवेदनशील न्यायपालिका का
शिकार होना पड़ता है,
जिन्हें कभी नहीं मिलती
कानूनी मदद
अक्सरहा जिनका प्रतिनिधित्व करते हैं
कर्तव्यपरायणता से विमुख
और अदक्ष वकील
और जिनके साथ जेल प्रशासन
अन्ततः सलूक करता है
खुदा की कम प्यारी सन्तान
की तरह
जेल-
जो पृथ्वी पर
जिन्दा दोजख बन चुकी है।

आमुख

ब्रिटिश काल के दौरान जो बहुत सारे कानून बनाए गए उन्हीं में से कुछ हैं–भारतीय दंड संहिता, जेल अधिनियम, अपराध प्रक्रिया संहिता व साक्ष्य अधिनियम वगैरह। ये सब आपराधिक कानून एक गुलाम धरती के नागरिक को सामने रखकर बनाए गए थे। ऐसा कहा जाता है कि ये कानून पूरे समाज के प्रति गहरे शक के साथ लिखे गए थे।

आजादी के बाद, बहुत से शीर्षस्थ नेताओं ने, जिन्होंने गुलामी में पुलिस उत्पीड़न को व्यक्तिगत रूप से महसूस किया था और जिन्हें इस बात का विश्वास था कि वर्तमान न्यायिक प्रक्रिया अन्यायपूर्ण है, लेकिन वे किसी ऊँचे लक्ष्य की प्राप्ति एवं देश के तीव्र विकास के जोश में इस समस्या को भुला बैठे जिससे वे कभी रू-ब-रू हुए थे। यह जेल प्रशासन जो एक स्वतंत्र देश के लिए कतई अनुकूल नहीं था, उपनिवेशीय बेरहमी के साथ आज भी कार्य कर रहा था। बाद की संसदों एवं सरकारों ने भी इस समस्या पर कोई ध्यान नहीं दिया।

परिणामस्वरूप न्याय और जेल प्रशासन आज भी अंग्रेज़ी राज के निर्मम एवं कष्टदायी तंत्र की भाँति काम कर रहा है जहाँ दलितों एवं गरीबों के साथ अमानवीय व्यवहार किया जाता है। वे भाग्यशाली हैं जिन्हें इस पद्धति में भी कभी-कभार न्याय की झलक मिल जाती है। मानवाधिकारों का उल्लंघन (यहाँ तक कि वर्तमान कानून के मानकों द्वारा भी), जेल में अमानवीय व्यवहार, न्याय में विलम्ब, कभी न खत्म होनेवाली सजा एक आम बात है और कई बार तो सजायाफ्ता और यहाँ तक कि विचाराधीन कैदी भी जेल से जीवित वापस नहीं आते।

इस पुस्तक में इन्हीं पहलुओं को छूने का प्रयास किया गया है, और साथ ही पद्धति में व्याप्त दोषों को उजागर करने की कोशिश तथा कुछ सुझाव रखने का साहस भी।

तथ्य संगृहीत करने वाले शिष्टमंडल के रूप में पटना उच्च न्यायालय

के आदेशों के अनुसार लेखिका तथा कुछ वकील-आयुक्तों ने बिहार की 76 जेलों में से 43 जेलों का निरीक्षण किया था।

जेलों तथा कैदियों की हालत का मामला केवल बिहार तक ही सीमित नहीं, कुल मिलाकर पूरे देश में कानूनी एवं जेल व्यवस्था एक समान है।

हालाँकि पहले भी इस विषय पर किताबें लिखी गई है, लेकिन निजी अनुभव के आधार पर, जिसमें शायद ही दंड देने की न्यायिक पद्धति एवं इससे जुड़ी समस्याओं की ओर ध्यान दिया गया हो। इस पुस्तक में उद्धृत मामले एक हलका सा संकेत भर हैं कि जेलों की स्थिति कितनी भयानक हो चुकी है।

तथ्य दर्शाते हैं कि स्वतंत्रता के पचास वर्षों के दौरान स्थिति और अधिक बदतर हुई है। वर्तमान वास्तविकता को यदि कोई स्वीकार करे तो समान न्याय की वैधानिक गारंटी मात्र एक कल्पना नजर आती है। अधिकांश लोग जो गरीब, अनपढ़, अनुसूचित जाति, अनुसूचित जनजाति या बहुत पिछड़े वर्ग से संबंधित हैं, निम्न न्यायपालिका से न्याय की आशा नहीं कर सकते हैं, क्योंकि इसे अभी भी गरीब वर्गों के प्रति सामन्ती दृष्टिकोण त्यागना बाकी है। ये उच्चतम न्यायालय के निर्णयों का भी अनुसरण नहीं करते, जिसने ऐसे विषयों पर बहुधा प्रगतिशील एवं प्रजातांत्रिक विचार गहरी संवेदनशीलता के साथ व्यक्त किए हैं। स्थिति यह है कि सौ रुपयों की चोरी में मौत से भी बदतर सजा मिल सकती है। जेल में हिरासत के दौरान क्षय रोग, कोढ़, कुपोषण व अस्वच्छ स्थितियाँ अभियुक्त के भाग्य पर थोप दी जाती हैं। यह कहानी है संस्थागत जुर्म की जहाँ कानून सह-अपराधी या गूँगे एवं असहाय दर्शक की तरह नजर आता है।

प्राक्कथन

रूदल साह सिर्फ एक कैदी का नाम नहीं है, वह उस पूरे वर्ग का प्रतिनिधि है जो तमाम सामाजिक, मानवीय एवं संवैधानिक अधिकारों से वंचित है। वह उन लोगों से बिल्कुल अलग खड़ा है जिन्हें समाज में अपनी व्यक्तिगत एवं सामाजिक हैसियत के चलते सारे अधिकार सहज उपलब्ध हैं। अदालत द्वारा रिहाई के 16 वर्ष बाद भी उसका कैद में रहना एक क्रूर मजाक नहीं तो क्या है? और, यदि रिहाई से पहले के वर्षों को भी जोड़ लिया जाए तो वह बिहार की इस या उस जेल में पूरे 35 वर्षों तक सड़ता रहा।

रूदल साह जिस वर्ग से आता है, उसका अपराध यही है कि उनकी मदद करनेवाला कोई नहीं है, कोई नहीं है जो उन्हें ऐसी अनन्त सजाओं से अपनी हिफाजत करने का अधिकार दिला सके। बेशक अदालत भी उन्हें इतनी लंबी सजा न देगी। अदालत ने 19 वर्षों के बाद उसकी रिहाई का फैसला किया, लेकिन इस फैसले का पालन नहीं किया गया, बड़ी हिकारत के साथ उसकी अवहेलना की गई।

चार्टर आफ ह्यूमन राइट्स को दुनिया की स्वीकृति मिले आधी शताब्दी बीत चुकी है। फिर भी एक बहुत बड़ा वर्ग इन अधिकारों से वंचित है, यह रूदल साह के मुकदमे से साबित होता है। यदि रूदल साह का भी कोई गॉडफादर होता, या उसके पास थोड़े से रुपए या पैरवी होती तो वह रिहाई के बाद यूँ जेलों में नहीं सड़ता।

रूदल साह की ही तरह, मधुबनी का 'कोफ़ीन बनानेवाला' बोका ठाकुर भी इसी वर्ग से आता है। उसे बिहार की विभिन्न जेलों में बिना ट्रायल के 37 वर्ष गुजारने पड़े। यहाँ न सिर्फ कानून व्यवस्था एक मजाक बनकर रह गई है, बल्कि यह मानवीय अधिकारों का तिरस्कार भी है जबकि विश्व मानता है कि अधिकार सभी के लिए हैं। मानवाधिकारों का लक्ष्य कहता है कि 'सभी को गरिमा से रहने का अधिकार है और यह धरती सबकी है।'

न सिर्फ रूदल साह व बोका ठाकुर को, बल्कि उन सबको कमलेश जैन का आभारी होना चाहिए जो उस अधिकार-वंचित तबके से आते हैं।

कमलेश जैन ने न केवल रूदल साह एवं बोका ठाकुर को जेल से बाहर निकलवाया बल्कि उनके लिए अदालत से मुआवजे की माँग भी की।

और जब उनकी माँग को कोर्ट में मान लिया गया और बोका ठाकुर उनके पटना निवास पर उनके सामने आ पहुँचा तो उन्हें अपनी आँखों पर विश्वास नहीं हुआ। कैदियों की व्यथा पर विश्वास करने के लिए उन्हें देखना आवश्यक है। अतः मानवीय अधिकारों की इज्जत करनेवालों के लिए कमलेश जैन के अनुभव आँखें खोलनेवाले होंगे।

मैं राजधानी की तिहाड़ जेल की आई.जी. थी। हम लोगों ने जेलों की दशा में सुधार लाने के लिए प्रयास किया। चूँकि मैं खुद उनकी रोजमर्रा जिन्दगी की गवाह रही हूँ, अत: कह सकती हूँ कि कमलेश जैन ने उनके बारे में इस पुस्तक में जो कुछ कहा है, उसमें कोई अतिशयोक्ति नहीं है। छोटे-छोटे बच्चे जो दूसरों के आदेश पर दिन-भर काम करते हैं या उन कमजोर एवं चुप रहने को मजबूर कैदी औरतों का जीवन आपको काफी भयानक नजर आ सकता है, पर यह सच है। इस पुस्तक नें ऐसे लोग हैं जो कभी अदालत के समक्ष नहीं गए, ऐसे कोर्ट हैं जहाँ तर्क का सामना सनक करती है और सुनवाई हो या न हो, 16 रुपयों के साथ आना जरूरी होता है।

यह पुस्तक सिर्फ यह कहने का प्रयास है कि साधनहीन एवं अनचीन्हे लोगों के लिए इस देश में न्याय पाना मुश्किल ही नहीं, बल्कि असंभव है। लाख कोशिशों के बावजूद कमलेश जैन रूदल साह एवं बोका ठाकुर के वर्ग के लोगों के लिए अपेक्षित न्याय पाने में सफल नहीं हुईं। आज की आपराधिक न्याय प्रणाली का शायद ही कोई उपयोग है। आज जरूरत है वैज्ञानिक अनुसंधान प्रणाली की और एक ऐसी न्यायपालिका एवं जेल-व्यवस्था की जो लोगों की जरूरतें पूरी करे। इन प्रणालियों में पाई जानेवाली कई खामियों की ओर यह पुस्तक इशारा करती है—मसलन, बच्चों तक के कानूनों से खेला जाता है। कुछ महत्त्वपूर्ण सुझाव जैसे अभियुक्त की जमानत की अर्जी एवं दूसरी महत्त्वपूर्ण अर्जियाँ सरकार द्वारा कोर्ट में फाइल करना पुस्तक में दिए गए हैं। लेखक का जोर इस बात पर ज्यादा है कि अधिकारियों का हृदय-परिवर्तन हो। अधिकारियों की वर्तमान सोच कानून एवं प्रक्रिया का भी पालन नहीं होने देती। कमलेश जैन ने अपनी रिपोर्ट हाईकोर्ट और राष्ट्रीय मानवाधिकार आयोग के तत्कालीन चेयरमेन श्री रंगनाथ मिश्रा को पेश की थी। यह रिपोर्ट कई ऐसे सुझाव देती है जिनका पालन करने से निम्न न्यायालय एवं प्रशासन सर्वोच्च न्यायालय द्वारा दिए गए आदेशों या उसके द्वारा पारित कानूनों के प्रति ज्यादा जवाबदेह हों सके एवं उनका पालन कर सकें। यह पुस्तक कानून के विद्यार्थियों के लिए एवं विशेषकर आपराधिक कानून के विद्यार्थियों के लिए एक गाइड के रूप में लाभदायक है।

और, जो महत्त्वपूर्ण है वह है इरादा एवं दृढ़ निश्चय!

—डॉ. किरन बेदी

परिचय

अप्रैल, 1930 की बात है, जब हमारे भावी प्रधानमंत्री पंडित जवाहरलाल नेहरू नैनी जेल में बंद थे। जेल की स्थिति नारकीय थी, शायद इसलिए कि भारतीयों को गुलाम पहले और मनुष्य बाद में समझा जाता था। जानवरों से भी बदतर समझे जाने वाले लोगों को सजा देने के लिए बनाई गई कानूनी व्यवस्था बड़ी ही अपमानजनक एवं अवैज्ञानिक थी।

नेहरू ने ठीक ही लक्षित किया और अपनी आत्मकथा में लिखा, ''ये उम्र कैदी कौन हैं? इनमें से कई सामूहिक मामलों में आए हैं, जब अधिक संख्या में हों यानी कि पचास या सौ, तो सभी को एक साथ ही सजा सुनाई जा सकती है। हो सकता है कि इनमें से कुछ शायद दोषी न हों, लेकिन मुझे शक है कि इन सजायाफ्ता लोगों में अधिकांशत: सचमुच दोषी हों। सरल है ऐसे मामलों में लोगों को फँसाना। बस, जरूरत पड़ती है एक सह-अभियुक्त की जो सरकारी गवाह बन गया हो और थोड़ी-सी शिनाख्त की। डकैतियाँ आजकल बढ़ रही हैं और जेलें लगातार भरती जा रही हैं। यदि लोग भूखे रहें तब क्या है करने को? न्यायाधीश और दंडायुक्त बढ़ते अपराध को लेकर कौशलपूर्ण भाषा में बोल तो जरूर रहे हैं, पर वे उन आर्थिक कारणों से सर्वथा अनभिज्ञ हैं जो इन्हें अपराधी बनने पर मजबूर करते हैं।

''इसके अलावे कृषक हैं जिनके यहाँ थोड़ा-सा गँवई दंगा जमीन की वजह से हो जाता है–लाठियाँ चलती हैं और कोई मर जाता है–नतीजतन बहुत से लोगों को आजीवन या लंबे समय के लिए कारावास। प्राय: इस तरह परिवार के सभी पुरुष कैद हो जाते हैं और महिलाएँ किसी तरह जीवन व्यतीत करने के लिए बाहर बच जाती हैं। इनमें से कोई भी अपराधी प्रवृत्ति का नहीं है। सामान्यत: ये शारीरिक एवं मानसिक तौर पर सुसभ्य नवयुवक होते हैं। थोड़ा-सा प्रशिक्षण और दूसरे विषयों और नौकरियों की ओर रुझान पैदा कर देने भर से ये देश की अमूल्य सम्पत्ति सिद्ध हो सकते हैं।''

इन्हीं में से एक उम्र-कैदी नेहरू के पास आया और उसने पूछा, हम

उम्र कैदियों का क्या होगा, क्या स्वराज हमें इस नरक से निकाल देगा?

नेहरू ने न तो उस समय इस प्रश्न का उत्तर दिया और न ही बाद में सामान्य लोगों की समस्याओं को याद करने की कोशिश की जो या तो जेल में नरक भोग रहे थे या फिर अवैज्ञानिक और निर्मम न्याय-प्रक्रिया का सामना कर रहे थे। जी हाँ, वही न्याय-प्रक्रिया–फैसला सुनाना जिसका रोजमर्रा का हिस्सा बन चुका है। यद्यपि नेहरू और उन्हीं की तरह के अन्य जो देश के लाखों लोगों के भविष्य का निर्णय करने बैठे थे, अच्छी तरह जानते थे कि उन्नीसवीं शताब्दी के तमाम कानून, जैसे–मसलन 1860 का भारतीय दंड संहिता, 1861 की पुलिस व्यवस्था, 1871 का अपराध प्रक्रिया संहिता (यद्यपि 1973 में कहने को संशोधित तो किया गया है, पर अधिकांश प्रावधान पुराने ही हैं), 1872 का भारतीय साक्ष्य कानून–अपने आप में अत्यन्त दमनकारी तथा भेदभाव पर आधारित हैं, किंतु उन्होंने इस समस्या की ओर तनिक भी ध्यान नहीं दिया और देश के करोड़ों गरीबों, निरक्षरों को निर्मम कानून के जूते तले चुपचाप कुचले जाने को छोड़ दिया।

परिणामत: आजादी के सत्रह वर्ष पहले नेहरू से पूछा गया उस उम्र-कैदी के सवाल–'क्या स्वराज हमें इस नरक से निकाल देगा' ने आज हमें आजादी के पचास वर्ष बाद इस सवाल का जवाब ढूँढ़ने के लिए विवश कर दिया है। यह पुस्तक इसी सवाल का जवाब ढूँढ़ने का प्रयास है।

क्रम

मधुबनी का बोका ठाकुर

> मेरे हृदय में चीखती रहती है दर्द की गूँज, अकाल में बच्चे, शोषक द्वारा सताए गए पीड़ित, असहाय, बूढ़े, अपने ही बेटों पर घृणित बोझ की तरह, और दुनिया भर के अकेलेपन के साथ बना डालती है मजाक जिनकी गरीबी और व्यथा, मानव जीवन की गरिमा को। मैं चाहता हूँ इन बुराइयों को समाप्त करना, पर कर नहीं सकता और खुद इसे भोगता हूँ।
>
> –बर्ट्रेन्ड रसेल

बिहार की विभिन्न जेलों में 37 वर्ष व्यतीत करने के बाद एक उमस-भरी तपती दोपहर को आजाद बोका ठाकुर मेरे सामने खड़ा था। वह बोलने तथा सुनने में असमर्थ था। फिर भी उसकी आँखें अविश्वास से भरी हुई थीं। बोका असमंजस में था–जेल से रिहा होने के बाद पुनः खुली हवा में जिन्दगी कैसे शुरू करे? आशाओं के विपरीत उसे जेलों में करीब चार दशक गुजारने के बाद रिहा किया गया था। जेल में वह अपने दिन लकड़ी, हथौड़ा और कीलों के साथ गुजारता था–उन लाशों के लिए ताबूत बनाता था जो देश अथवा बिहार के किसी भी कोने से एक अथवा दूसरे चर्च में दफनाने के लिए लाई जाती थीं।

आश्चर्यजनक रूप से बोका का मुकदमा उसके जीवन के लगभग

तीन-चौथाई हिस्से को गर्द-भरी फाइल के ढेर तले दबाए, बिहार के न्यायालय में तब तक पड़ा रहा जब तक कि अप्रैल, 1982 में इस आशय की खबर टाइम्स ऑफ इंडिया में छप कर नहीं आई कि मधुबनी का दसई लोहार उर्फ बोका ठाकुर पिछले सैंतीस वर्षों से एक विचाराधीन कैदी के रूप में जेल में बंद पड़ा है। आरोप के अनुसार वह हत्या के मामले में बंद था। प्राथमिकी के अनुसार उसने क्रोधोन्माद में अपने पड़ोसी की हत्या कर दी थी। यह 1945 की बात है जब वह सोलह वर्ष का था।

बोका के पास एक गाय थी जिसे वह बहुत प्यार करता था। लेकिन एक दिन उसके पड़ोसी ने हँसिए से उस गाय की हत्या कर दी। बोका गुस्से में आ गया। वह अपनी उम्र की उठान पर था। मसें भींग चुकी थी। उसके लिए मुश्किल था अपने-आपको रोक पाना। उसने उसी हँसिए से और उसी तरह पड़ोसी की हत्या कर दी जैसे कि उसने बोका की गाय की हत्या कर दी थी। वह शांत हो गया। वह गाय की हत्या का बदला ले चुका था। पुलिस का ऐसा ही कहना था। शीघ्र ही अदालत ने उसे पागलखाने भेज दिया, पर वहाँ उसे मानसिक रूप से बिल्कुल स्वस्थ पाया गया। यह काम कई बार हुआ, फिर भी इस ओर किसी ने ध्यान नहीं दिया और बोका ने पागलखाने और जेल के बीच अपने मामले के निर्णय की प्रतीक्षा में विचाराधीन कैदी के रूप में आजीवन कैद से अधिक का समय जेलों में गुजार दिया।

समाचार-पत्रों में बोका की कहानी पढ़कर मैं और मेरा छोटा भाई चन्दन व्याकुल हो उठे। हम उसके लिए कुछ करने के विषय में सोचने लगे। चन्दन ने अपने बचपन के दोस्त राज रत्न सहाय को इस मामले में प्रार्थी बनने को प्रेरित किया क्योंकि मैंने यह उचित नहीं समझा कि जिस मामले को मैं कोर्ट में उठाने जा रही हूँ उसके प्रार्थी के रूप में मैं अपने भाई को रखूँ। न्यायाधीशों के स्थानान्तरण के संबंध में दिए गए उच्चतम न्यायालय के उस प्रसिद्ध फैसले से मुझे प्रेरणा मिली थी जिसमें एक स्थान पर कहा गया था कि यह आवश्यक नहीं है कि विशेष मामले में केवल वही व्यक्ति अदालत की शरण ले सकता है जो उससे पीड़ित हो अथवा उस विशेष मामले में उसे रुचि हो। कोई और व्यक्ति भी किसी अन्य असहाय की ओर से अदालत में जा सकता है।

बहरहाल 27 अप्रैल, 1982 को बन्दी प्रत्यक्षीकरण याचिका [सी० आर० डब्ल्यू० जे० सी० नं० 1380/1982] दर्ज की गई। मामले की सुनवाई तत्कालीन माननीय न्यायाधीश एस० के० झा तथा आर० सी० पी०

सिन्हा की खंडपीठ ने की। 28 अप्रैल, 1982 को उपर्युक्त खंडपीठ ने याचिका इस आधार पर खारिज कर दी कि वादी की ओर से कार्यवाही का कोई कारण नहीं बनता, क्योंकि वह न तो संबंधी है और न उससे उसका कोई मतलब ही है।

जैसे ही आदेश पढ़कर सुनाया गया, हमारे चेहरों पर मायूसी छा गई। तब भी हम विमुख नहीं हुए उस दिशा में बढ़ने से, जिसे हम सही समझते थे। मैंने अपने क्लर्क को दरभंगा जेल भेजा जहाँ बोका ठाकुर मुकदमे से पहले की कभी समाप्त न होने वाली अवधि बिता रहा था। उससे वकालतनामा प्राप्त करना बेहद जरूरी था। लेकिन इसी बीच उसे मधुबनी जेल भेज दिया गया था। मेरा क्लर्क वहाँ भी गया लेकिन जेल अधिकारियों ने वकालतनामे पर बोका ठाकुर के अँगूठे का निशान लेने की अनुमति नहीं दी। सबसे पहले जेलर ने कुछ सौ रुपयों की माँग की, जो मेरे क्लर्क के पास नहीं थे, इसके साथ ही अधिकारियों ने कहा, ''हम तुम्हें ऐसा करने कभी नहीं देंगे क्योंकि मामला पहले ही काफी गर्म हो चुका है।''

दूसरी याचिका

10 मई, 1982 को मैंने दूसरी याचिका चंदन जैन एवं राज रत्न सहाय की ओर से दायर की। इस बार मैंने 'जजों के स्थानान्तरण संबंधी मामले' [एस. पी. गुप्ता, ए. आई. आर., 1982 एस. सी. 1] का विस्तार से हवाला दिया। 11 मई, 1982 को याचिका सुनवाई के लिए स्वीकृत कर ली गई तथा इस मामले से संबंधित सारे कागज निम्न अदालत से मँगवा लिए गए।

यद्यपि राज्य सरकार ने अदालत को आश्वासन दिया कि कैदी को छोड़ दिया जाएगा लेकिन हर बार सरकार तारीख लेती रही और इस तरह बोका ठाकुर के रिहा कराने के तमाम प्रयत्न पर पानी फेरती रही। अभियुक्त को रिहा करने के अतिरिक्त दूसरे जिन मुद्दों को उठाया गया था, वे थे–राज्य की लापरवाही के एवज में पीड़ित को मुआवजा, उसका पुनर्वास तथा जेल में असंवैधानिक रूप से रखकर भारत के संविधान के अनुच्छेद 21 के अन्तर्गत जीने के अधिकार से वंचित रखने के दोषी अधिकारियों को सजा।

क्योंकि मामला सनसनीखेज बन गया था, अतः इस मामले से संबंधित दस्तावेज प्राप्त करना आसान नहीं था। लेकिन मैंने किसी तरह सेशन जज और राँची मानसिक अस्पताल के आदेश-पत्र प्राप्त कर लिए थे। ये आदेश-पत्र अदालत, जेल व पागलखाने के बीच घूमते मामले को खुद

दर्शा रहे थे।

अतिरिक्त सेशन जज का आदेश पत्र

अभियुक्त को काँके मानसिक अस्पताल में भेजने का निर्देश दिया गया।

14 वर्ष बाद : 20.3.59 दसई की मानसिक स्थिति पर अर्द्धवार्षिक रपट के अनुसार वह मुकदमा चलाए जाने के योग्य नहीं।

25.11.59 : हजारीबाग केन्द्रीय कारागार के अधीक्षक की रिपोर्ट के अनुसार अभियुक्त मुकदमे का सामना करने योग्य है और मामला अतिरिक्त सेशन जज को निपटाने के लिए स्थानांतरित किया जाता है क्योंकि यह मामला पहले इन्हीं के पास था और केवल ए०डी०जे० के पद की समाप्ति पर ही यह केस सेशन जज को भेजा गया था।

25.11.59 : फाइल ए०डी०जे० से प्राप्त की गई। केस 3.12.59 को सुनवाई के लिए निर्धारित किया गया। जेल अधीक्षक को 4.1.60 को अभियुक्त को प्रस्तुत करने का निर्देश दिया गया।

6.1.60 – अभियुक्त पेश नहीं किया गया।

24.1.60 – अभियुक्त पेश नहीं किया गया।

30.1.60 – अभियुक्त पेश नहीं किया गया।

3.2.60 – अभियुक्त पेश किया गया। अभियुक्त की ओर से उसे मानसिक अस्पताल बैंगलूर भेजने का निवेदन करते हुए एक याचिका दायर की गई।

4.2.60 – मुकदमा आगे स्थगित कर दिया गया क्योंकि अभियुक्त अपने बचाव के योग्य नहीं था।

1.12.61 – रिपोर्ट के अनुसार अभियुक्त अभी पागल है। (20.12.61 को प्रस्तुति हेतु वारंट जारी करें।)

20.12.61 – अभियुक्त पेश नहीं किया गया।

29.3.62 – अभियुक्त पेश नहीं किया गया।

10.11.61 – अभियुक्त पेश नहीं किया गया। केन्द्रीय कारागार हजारीबाग के अधीक्षक का अनुस्मारक-पत्र।

17.12.62 – अभियुक्त की मानसिक स्थिति के विषय में रजिस्ट्रार, विधि विभाग से रिपोर्ट प्राप्त। उसे पागल करार दिया गया। 16.1.63 को प्रस्तुति हेतु वारंट जारी करें।

16.1.63 – अभियुक्त प्रस्तुत नहीं किया गया। 7.3.63 को

प्रस्तुति हेतु नए वारंट जारी किए गए।

7.3.63 – मानसिक अस्पताल काँके से तार प्राप्त हुआ कि अभियुक्त बीमार है, अतः 8.4.63 के लिए नए प्रस्तुति वारंट जारी किए जाएँ।

14.3.63 – मानसिक अस्पताल, काँके के अधीक्षक ने कैदी की दिमागी हालत के विषय में एक रिपोर्ट भेजी।

18.3.63 – अस्पताल के अधीक्षक ने सरकार के पत्र की प्रति प्रेषित की जिसमें कैदी को दंड संहिता की धारा 474 [पुरानी] तथा 338 [नई] के अनुसार रिहा करने का सुझाव दिया गया था।

22.7.63 – पंजीयक, विधि विभाग से प्राप्त रिपोर्ट के अनुसार कैदी पागल है।

26.3.66 – पंजीयक, विधि विभाग के अनुसार कैदी पागल है और नए प्रस्तुति वारंट के लिए कहा जाए।

13.6.64 – पेंश नहीं किया गया।

4.8.64 – पेश नहीं किया गया।

15.9.64 – प्रस्तुति वारंट इस रिपोर्ट के साथ वापस भेज दिया गया कि वादी को मानसिक अस्पताल काँके भेज दिया गया है।

3.10.80 – फौजदारी सिरिस्तादार की रिपोर्ट को देखा। यह पाया कि रिपोर्ट पीठासीन अधिकारी के समक्ष काफी समय से प्रस्तुत नहीं की जा रही। न ही पागल की मानसिक स्थिति पर कोई रिपोर्ट प्राप्त हो रही है। मानसिक अस्पताल के अधीक्षक से पागल की वर्तमान स्थिति के विषय में जाँच की जाए।

25.11.85 – मानसिक अस्पताल के अधीक्षक की ओर से कोई भी रिपोर्ट प्राप्त नहीं हुई। शीघ्र अनुस्मारक भेजा जाए और रिपोर्ट प्राप्त होने पर शीघ्र पेश की जाए।

मानसिक अस्पताल, काँके का आदेश-पत्र

30.12.62 से
19.10.68 तक : मानसिक रूप से स्वस्थ

29.1.69 : पागल चार्ट पूर्ण नहीं।

30.7.77

31.7.77 : मेडिकल अस्पताल में स्थानांतरित

31.7.77 से 1.8.77 : बुखार।

2.8.77 : रोगी को बुखार नहीं है।

5.8.77 : रोगी को बुखार नहीं है।

31.1.78 : सचिव, विधि विभाग को उसे रिहा करने के लिए पत्र लिखा जाना है। रिहा करने योग्य आचरण ठीक है। वह बहरा है।

16.1.79 : उसे व्यस्त रखने के लिए आकुपेशनल थिरेपी विभाग को भेजा जाना है।

4.1.80

20.7.65

18.1.66

27.7.66

26.7.67 : सचिव, न्यायिक कानून न्यायिक को कि वह पागल है।

14.3.68 : किसी को नहीं।

18.3.68 – रणजीत ठाकुर को।

30.1.69 – विधि एवं न्यायिक।

27.8.68

69

68

20.9.81 : सुधार हो रहा है।

28.12.81 : संतोषजनक कार्य कर रहा है।

4.1.82 : कोई रिपोर्ट नहीं।

8.1.82 : अभियुक्त मुकदमा चलाए जाने के योग्य।

सेशन जज व पागलखाने के आदेश-पत्रों से स्पष्ट था कि अधिकारियों द्वारा नियमित रिपोर्ट नहीं रखी जाती थी। वर्षों तक वह मामले को दबाकर रखते थे और केवल औपचारिकता के लिए वे कभी-कभी रिपोर्ट तैयार करते थे। 7 सितम्बर, 1945 को बोका ठाकुर पहली बार पागलखाने भेजा गया था और आगे की रिपोर्ट से जाहिर था कि व्यक्ति की मानसिक स्थिति पर कम-से-कम अर्द्धवार्षिक रिपोर्ट भेजी जाए लेकिन 1945 के बाद अदालत को 1959 में रिपोर्ट प्राप्त हुई। यह भारी कर्तव्यहीनता एवं

लापरवाही का मामला बनता था। यह आश्चर्यजनक था कि 25 नवंबर, 1959 को अधीक्षक, केन्द्रीय कारागार, हजारीबाग ने कहा कि अभियुक्त मुकदमा चलाए जाने योग्य है। यह कैसे सम्भव था कि अभियुक्त खुद को पागलखाना में भेजने के लिए याचिका दायर करता?

रिपोर्ट के कई आश्चर्यजनक पहलू थे। रिपोर्ट देखकर कोई यह बता नहीं सकता था कि अभियुक्त कब मानसिक अस्पताल में था और कब जेल में। जेल से पागलखाने और पागलखाने से जेल स्थानांतरित करने के कोर्ट आदेश कहाँ थे? यदि सेसन कोर्ट का रिकॉर्ड देखा जाए तो बोका ठाकुर कोर्ट के रिकॉर्ड से 3 फरवरी, 1962 के बाद गायब रहा। आदेश-पत्र में यह कहीं नहीं दर्शाया गया था कि उसे पागलखाने वापस भेज दिया गया था या वह जेल में था। इसमें केवल इतना ही उल्लेख था कि कई तारीखों पर उसे अदालत में हाजिर नहीं किया जा सका। 17 दिसम्बर, 1962 के बाद कारागार अधीक्षक ने कोर्ट के नोटिस का जवाब तक नहीं दिया। लेकिन अजीबो-गरीब बात तो यह रही कि रजिस्ट्रार, विधि विभाग ने कोर्ट को एक रिपोर्ट भेजी जिसमें कहा गया कि बोका ठाकुर मुकदमे के लिए मानसिक रूप से स्वस्थ है लेकिन इसके तीन महीने बाद ही मानसिक अस्पताल ने रिपोर्ट प्रेषित कर कहा कि वह पागल है। अन्तर्विरोध से भरी रिपोर्ट यही दर्शा रही थी कि कहीं कुछ भारी गड़बड़ी है। ऐसा लग रहा था कि ये दोनों विभाग बोका के संबंध में झूठी एवं काल्पनिक रिपोर्ट रख रहे थे।

मानसिक अस्पताल का आदेश-प्रपत्र भी आश्चर्यजनक था। वर्ष 1962 से 1968 तक कोई अलग आदेश-पत्र नहीं रखा गया था, कोई वार्षिक अथवा अर्द्धवार्षिक रिपोर्ट भी नहीं थी। छः वर्ष की लंबी अवधि के दरम्यान 'मानसिक रूप से स्वस्थ' की एक ही प्रविष्टि थी। अब जबकि वह छः वर्ष से मानसिक रूप से स्वस्थ था, अस्पताल की ओर से उसे कोर्ट भेजने का कोई प्रयास नहीं किया गया और न ही नियमित चार्ट ही रखा गया। जहाँ एक ओर मानसिक अस्पताल में रोगियों की भारी भीड़ की खबरें सुनते हैं, वहीं दूसरी ओर प्रशासन ऐसे रोगियों को भी मानसिक अस्पताल में रखे रहता है जिसे वह मानसिक रूप से स्वस्थ मानकर योग्य प्रमाणित करता है।

यहाँ बोका ठाकुर की कहानी पर विश्वास करना पड़ता है जो इशारों से व्यक्त कर यह बताना चाहता है कि चूँकि वह श्रेष्ठ ताबूत बनाने वाला है, इसलिए जेल अथवा पागलखाने के अधिकारी उसे रिहा नहीं करना चाहते। अस्पताल के आदेश-पत्र में विभिन्न तिथियों में भी मानसिक

स्वास्थ्य की कोई प्रविष्टि नहीं की गई थी। कुछ स्थानों पर केवल 1968 अथवा 1969 वर्ष ही निर्दिष्ट किए गए थे लेकिन मास एवं दिन का उल्लेख नहीं किया गया था। इस प्रकार कैदी की जिन्दगी कुछ लापरवाही से लिखे गए आँकड़ों के बीच घुट कर रह गई।

बोका ठाकुर जब मुझे पटना में मिला, उसके चेहरे से बच्चों की अबोधता झलक रही थी। मध्यम कद-काठी का यह आदमी केवल इशारों से ही बता पा रहा था कि वह जेल में ताबूत बनाता है लेकिन वह जेल में रहने की त्रासदी का बयान नहीं कर पा रहा था। वह नंगे पाँव था—मैंने उसे पहनने को चप्पल दी। वह खुश हुआ और चप्पल में लड़खड़ाते हुए कुछ कदम चला। उसने हमें बताया कि वह सदैव नंगे पाँव चलता रहा है।

बोका ने कहा कि वह विवाहित है लेकिन गिरफ्तारी के बाद उसने अपनी पत्नी के बारे में कुछ भी नहीं सुना। उसके परिवार से कोई भी सदस्य उसे राँची पागलखाने अथवा जेल में देखने के लिए नहीं आया। बोका ठाकुर की आँखों में चमक थी क्योंकि वह अब पुनः खुली हवा में जेल की मजबूत चारदीवारी के बाहर साँस ले सकता था। मैंने अन्दाजा लगाया कि वह आराम करना चाहता है। मैंने उसे सोने के लिए चटाई बिछाने को कहा। उसने यह करने से इन्कार कर दिया कि सोने के लिए उसने कभी भी अपना पूरा शरीर जमीन पर या चारपाई पर फैलाया नहीं है। उसने इशारों से बताया कि वह एक किनारे में सो सकता है—खड़े-खड़े या बैठे हुए भी। ऐसा लगता था, वह नींद न आने की बीमारी से ग्रसित था।

एक दिन बोका ठाकुर मेरे पास अपने भतीजे महेन्द्र ठाकुर के साथ आया जिसने बाद में मुझे यह जानने के लिए पत्र लिखा कि क्या अदालत अथवा सरकार से उसके चाचा की देखरेख के लिए कुछ पैसे दिए जा सकते हैं?

बोका को उच्चतम न्यायालय की ओर से 5,000 रुपये अंतरिम मुआवजे के रूप में अदा किए गए थे। हैदराबाद स्थित समाज कल्याण न्यास ने उसे 50 रुपये मासिक तथा एक गाय देने की इच्छा व्यक्त की, ताकि वह दूध बेचकर जीवनयापन कर सके। पटना उच्च न्यायालय ने मुआवजे अथवा पुनर्वास पर कोई भी आदेश जारी नहीं किया था।

पटना उच्च न्यायालय के तत्कालीन माननीय न्यायाधीश एस० अली अहमद तथा एम०पी० वर्मा की खंडपीठ ने 2 जुलाई, 1982 के आदेश में कहा, "इस तथ्य का कि बोका ठाकुर 37 वर्षों से ज्यादा समय से जेल में

है, सरकार ने यह कहकर खंडन किया कि उसे उपचार के लिए काँके के मानसिक अस्पताल में सेशन जज के आदेशानुसार अन्तर्रोगी के रूप में भेजा गया था जहाँ वह काफी दिनों तक रहा।

" मुझे नहीं लगता कि तर्क सही है। बोका ठाकुर सेशन जज, दरभंगा द्वारा विचाराधीन कैदी के रूप में मानसिक अस्पताल भेजा गया था। इसलिए मेरी राय में बोका ठाकुर हिरासत में ही माना जाएगा, चाहे वह मानसिक अस्पताल में रहे या जेल में और वह भी 37 वर्षों से ज्यादा। यह सही है कि उसके खिलाफ भारतीय दंड संहिता की धारा 302 के तहत मुकदमा विचाराधीन था, लेकिन उसके पागलपन और सम्भवतः अधिकारियों द्वारा रुचि न लेने के कारण मामला आगे नहीं बढ़ा और बोका ठाकुर आज तक जेल में सड़ता रहा...

" हमारे एक प्रश्न के जवाब में विद्वान महाधिवक्ता ने बताया कि बोका ठाकुर से संबंधित मामले की जानकारी मुख्यमंत्री को लगभग दो मास पूर्व हुई और उन्होंने तत्काल ही केस वापस लेने के लिए आदेश जारी कर दिए। मुख्यमंत्री की कार्यवाही प्रशंसनीय है लेकिन इसके साथ ही यह भी कहना जरूरी है कि प्रशासन में कुछ लोग ऐसे हैं, जो निर्दयी होने के साथ-साथ अक्षम भी हैं जिसके कारण मुख्यमंत्री का मानवीय एवं दृढ़ निश्चय आदेश लागू नहीं किया जा सका। महाधिवक्ता ने बताया कि केस वापसी की याचिका शीघ्र दायर की जाएगी। इस राज्य में मामले जिस तरह आगे बढ़ते हैं, उसके तहत महाधिवक्ता का आश्वासन बेमानी लगता है।

" इसलिए मैं केवल महाधिवक्ता के आश्वासन पर आवेदन रद्द नहीं कर सकता लेकिन इसके साथ ही मुझे लगता है, बोका ठाकुर के संबंध में मुख्यमंत्री के आदेश लागू करने का अधिकारियों को अवसर दिया जाना चाहिए। इस तथ्य एवं परिस्थितियों के दृष्टिगत मैं निर्देश देता हूँ कि बोका ठाकुर को व्यक्तिगत मान्यता बांड भरने पर जेल से रिहा किया जाए। यह आशा की जाती है कि संबंधित अधिकारी शीघ्र कार्यवाही करेंगे तथा मुख्यमंत्री के आदेशानुसार बोका ठाकुर के विरुद्ध मुकदमा वापस लेने के लिए कदम उठाएँगे।"

रूदल साह : समान ढंग की एक और त्रासदी

बोका ठाकुर की रिहाई के कुछ महीने बाद ही उसी प्रकार का एक और मामला मेरी जानकारी में आया। 70 वर्ष का रूदल साह 35 वर्षों से जेल में सड़ रहा था। इसमें रिहाई के बाद के 16 वर्ष भी शामिल थे। एक

समाचार-पत्र में यह कहा गया था कि रूदल साह की सारी धनराशि समाप्त हो गई है और वह जेल छोड़ने की स्थिति में नहीं है। वह अपने परिवार के सदस्यों के संबंध में किसी भी सवाल का जवाब देने में असमर्थ था। चूँकि उस पर पत्नी की हत्या का आरोप था, वह वापस परिवार में जाने की बात सोच नहीं पा रहा था, यद्यपि सात वर्ष की बेटी भी वहाँ थी जिसे वह पीछे छोड़ आया था। 3 अगस्त, 1968 को रिहाई आदेश के बावजूद उसकी रिहाई का मामला वर्षों तक लटका रहा।

फिर एक बार रूदल साह की रिहाई के लिए याचिका [सी०आर०डब्लू० जे०सी० 394/ 82] दायर की गई। उसे 19 अक्टूबर, 1982 को रिहा कर दिया गया। रूदल साह की रिहाई की खबर उसकी बेटी को भी मिली और वह अपने पति और बच्चों के साथ रूदल को वापस घर ले जाने आई। रूदल साह का आत्मसम्मान उसे बेटी की ससुराल जाने से रोक रहा था। उसने यह कहते हुए खुद से क्षमा माँगी कि चूँकि उसने अपनी बेटी के लिए कुछ भी नहीं किया है, वह उसके साथ नहीं रह सकता है। वह पुन: पुलिस हाजत में चला गया। सौभाग्य से माननीय उच्चतम न्यायालय ने उसके मुआवजे से संबंधित याचिका स्वीकृत कर ली और मुआवजे के तहत 35000 रुपये देने का आदेश पारित कर दिया। मुआवजे से प्रसन्न रूदल अपनी बेटी के साथ जाने और वहाँ रहने को तैयार हो गया लेकिन पहले उसने मुआवजे की राशि अपनी बेटी के नाम करवा दी।

रूदल साह मेरे कार्यालय में नहीं आया था मैं यह सोचकर प्रसन्न थी कि रूदल अपनी बेटी और नाती-नतनियों के साथ सामान्य और खुशहाल जिंदगी जी रहा है। मेरा विचार था, अब मैं उसके बारे में कुछ नहीं सुनूँगी, लेकिन जब दुनिया भर के अखबारों में रूदल साह की कहानी छपनी शुरू हुई, तो उसी समय पाकिस्तान के एक अखबार में उसका नाम 'साह' के स्थान पर 'शाह' छप गया जिससे एक अजीबो-गरीब स्थिति उत्पन्न हो गई।

पाकिस्तान की सरकार ने यह कल्पना कर ली कि रूदल साह एक मुस्लिम है और यह मानकर विलाप करना शुरू कर दिया कि भारत में मुसलमान कैदियों की स्थिति दयनीय एवं दिल दहला देने वाली है। इस पर भारत सरकार को दुनिया के सामने अपनी स्थिति स्पष्ट करनी पड़ी कि वह मुस्लिम नहीं, एक हिन्दू है और उसका नाम साह है। इस प्रकार मनुष्य की दयनीय स्थिति के स्थान पर धर्म ने महत्ता हासिल कर ली।

जबकि अपने यहाँ स्थिति दूसरी थी। हंगामा तो यहाँ भी मचा, पर

मानवाधिकार को लेकर। उच्चतम न्यायालय के तत्कालीन न्यायाधीश रंगनाथ मिश्र ने कहा–''यह अपनी तरह का कोई अकेला मामला नहीं है और हमें चिंता है कि बिहार के जेल प्रशासन में चारों ओर अँधेरा है। भागलपुर अँखफोड़वा कांड से कम-से-कम राज्य के जेल प्रशासन की आँखें खुल जानी चाहिए थीं, लेकिन यह घृणित कांड भी कोई सबक नहीं सिखा पाया और किसी प्रकार की (रिस्पौंस) जवाबदेही को भी पैदा करने में असफल रहा। संभवत: कोई भगीरथ ढूँढ़ना होगा जो दो नदियों को उनकी ओर मोड़कर पवित्र बना सके–पवित्र गंगा नदी, यद्यपि हम आशा करते हैं (और प्रार्थना भी) कि कभी राज्य के उच्च अधिकारियों को व्यक्तिगत रूप से राज्य के जेल प्रशासन की चरमराती व्यवस्था की ओर ध्यान देने का समय मिलेगा और वे भारी अन्याय को दूर कर पाएँगे जो कि...''

दिन-भर में बीस घंटा उपवास

अगर आप फौजदारी के मामले में कोई सजा सुनाने जा रहे हैं तब आपको उन परिस्थितियों को जाकर खुद जरूर देखना चाहिए जिसमें रहकर कैदी को सजा गुजारनी पड़ती है।

–न्यायाधीश सर जेफरी स्ट्रीट फील्ड

जेल में विचाराधीन कैदी [विचाराधीन से मतलब ऐसे अभियुक्त से है, जो अपने मुकद्दमे की प्रतीक्षा में जेल में पड़ा है] या सजायाफ्ता कैदी को इन्सान नहीं समझा जाता और अदालत समझती है कि फैसला सुनाकर उसने अपना कर्त्तव्य निभा दिया।

फौजदारी अदालत यह सोचकर कि जेल प्रशासन उसके अधिकार क्षेत्र से बाहर है, फैसला भर सुनाकर राहत महसूस करती है। बहुत सारे मामलों में तो वे यह जानते तक नहीं कि उन्हें यह जानने का अधिकार है कि न्यायिक आदेश के तहत जेल भेजे गए अभियुक्त या फिर रिमांड अवधि में वे किस तरह समय गुजार रहे हैं। इतना ही नहीं, बल्कि इसके साथ ही न्यायिक अधिकारियों का यह कर्त्तव्य भी बनता है कि वह प्रशासन पर जेलों की स्थिति सुधारने हेतु दबाव भी डाले ताकि विचाराधीन कैदियों को

सहजता से कानूनी मदद मिल सके और सजायाफ्ता के मामले में सुधार संभव हो सके।

जेल के प्रति न्यायिक दंड-पद्धति की दीर्घकालीन उपेक्षापूर्ण दृष्टि को देखकर कहा जा सकता है कि अब समय आ गया है कि इस पद्धति में आमूल चूल परिवर्तन लाया जाए। आंशिक परिवर्तन के बजाय विभिन्न कानूनों एवं अधिनियमों में व्यापक परिवर्तन लाया जाय ताकि यह अधिक प्रभावशाली, गतिशील और परिणाममूलक बन सके।

जैसाकि देखा जाता है, निचली अदालत नींद से जल्दी जगती नहीं और शायद यही सबसे बड़ी वजह है-न्यायिक व्यवस्था की अप्रत्याशित गिरावट की और जेल में बंद कैदियों की स्थिति बद से बदतर होते जाने में भी कारण के तौर पर इसे चिह्नित किया जा सकता है।

किशनगंज जेल का मामला

ऐसा हुआ कि अप्रैल, 1994 में मुझे किशनगंज अदालत जाना पड़ा। वहाँ मुझे बताया गया कि किशनगंज जिला जेल में बंद कैदियों की स्थिति अत्यंत दयनीय है। आपको यह जानकर आश्चर्य होगा कि मुझे यह बात वहाँ के एक अतिरिक्त सत्र न्यायाधीश ने कही। चाहकर भी कुछ कर पाने में वे असमर्थ थे। दयनीयता यहाँ थी। बहरहाल मैंने किशनगंज जिला जेल जाने का निश्चय किया। स्थिति सचमुच भयानक थी। एक विचाराधीन कैदी मो० ताहिर पीलिया रोग से ग्रस्त था। चूँकि वहाँ पिछले तीन वर्षों से कोई डॉक्टर नहीं था, इसलिए न तो उसका उपचार संभव हो सका और न कोई दवा दी जा सकी। इसके अलावा 216 कैदी भुखमरी का सामना कर रहे थे। जेल अधिकारी भी इस स्थिति से असंतुष्ट थे। उन्होंने शिकायत की कि धन की कमी के कारण वे उन्हें खिला पाने में असमर्थ हैं। इनके अलावे भी कुछ और समस्याएँ थीं, उनकी ओर अति शीघ्र ध्यान देने की जरूरत थी।

जून, 1994 में मैंने एक जनहित याचिका [सी० डब्ल्यू० जे० सी० नं० 5554/94] पटना उच्च न्यायालय में दायर की थी। उसमें निम्नलिखित मुद्दे उठाए गए थे :

(1) भोजन के मद में अधिक पैसे क्योंकि प्रति कैदी प्रतिदिन नाश्ते और दो वक्त भोजन के लिए जेल को मात्र 6 रुपये 97 पैसे मिलते हैं। और उस पर त्रासदी यह कि जेल अधिकारी समस्त वर्ष के लिए दिए गए निधि में से एक महीने में आठ प्रतिशत से अधिक नहीं ले सकते थे। यह निधि

216 कैदियों के लिए थी। अब अगर विचाराधीन कैदियों की संख्या निर्धारित संख्या से अधिक हो जाती है, तब भी निधि वही रहती है जिससे और भी मुसीबत खड़ी हो जाती है। परिणामस्वरूप कैदियों को नाश्ते में सिर्फ चार चपातियाँ और झोर (तरी) में डूबी सब्जी 12 बजे मिल पाती थी और वह भी सबसे सस्ते दरों पर खरीदी हुई। फिर वही खाना चार घंटे बाद दिया जाता था। फिर उन्हें छोड़ दिया जाता था–अन्न के एक दाने के बिना अगले बीस घंटे तक एक लंबी भूख में।

पश्चिम बंगाल की सीमा से सटे किशनगंज का इलाका वैसे भी चावल खाने वालों के क्षेत्र के रूप में जाना जाता है। यहाँ के लोग आदत के तहत दिन में कम-से-कम एक बार चावल खाना बहुत पसन्द करते हैं। पर कैदियों को सालों भर चावल के दर्शन भी नहीं होते थे। उन्होंने कहानियाँ सुन रखी थीं कि कभी यहाँ नाश्ते में गुड़ और चना दिया जाता था पर वह भी दो-तीन वर्षों से धन की कमी के कारण बंद कर दिया गया था।

(2) दूसरा मुद्दा जिस पर तुरंत ध्यान देने की जरूरत थी, वह था–डॉक्टर की नियुक्ति और चिकित्सीय सुविधाएँ। पिछले तीन वर्षों से वहाँ एक भी डॉक्टर नहीं था, जबकि राज्य सरकार ने पद की स्वीकृति दे दी थी। परिणामतः बीमार कैदियों का न इलाज संभव था और न उन्हें कोई दवा दी जाती थी।

बीमार कैदियों को खुदा के रहमोकरम पर छोड़ दिया जाता था और जो शायद ही कभी रहम करता था। मो० ताहिर पर भी खुदा ने रहम नहीं किया। सजा तो उसे शायद कुछ वर्षों की मिलती, पर जेल-व्यवस्था की लापरवाही ने उसे मौत के मुँह में धकेल दिया। यह अलग बात है कि अंतिम सांस लेने के ठीक पहले उसे जेल के फाटक के बाहर फेंक दिया गया और इस तरह कहा जा सकता है कि उसकी मृत्यु जेल से बाहर हुई पर सच पूछें तो इसी मौत ने, व्यवस्था की इसी बेरहमी ने और उसपर समाज के इन सब पर तटस्थ बने रहने के अघोषित फैसले ने मुझे अंदर से हिलाकर रख दिया और मुझे लोकहित याचिका दायर करने को मजबूर किया और जिसकी परिणति अंततः इस किताब के रूप में हुई।

(3) तीसरा मुद्दा था–जेल अधीक्षक की नियुक्ति क्योंकि यह पद पिछले दस वर्षों से अधिक समय से खाली पड़ा था।

(4) अधिक हैंडपंप और शौचालय उपलब्ध कराना क्योंकि वर्तमान में 216 कैदियों के लिए कुछ ही हैंडपंप चालू हालत में थे तथा केवल चार ही शौचालय थे। पेचिश अथवा पेट से संबंधित रोगियों के लिए न तो

पर्याप्त पानी था और न शौचालय की सुविधाएँ थीं। सामान्य कैदियों की तरह उन्हें भी लम्बी कतार में खड़े होकर अपनी पारी की प्रतीक्षा करनी पड़ती थी।

बैरकों में छोटे शौचालयों का प्रावधान था जो वस्तुत: एक छोटे गड्ढे की तरह था–बिना पानी व निकासी की सुविधा के। और इसी छोटे गड्ढे को पाखाने के रूप में कैदियों को 5 बजे शाम से 6 बजे सुबह तक इस्तेमाल करना होता था। पैखाने और पेशाब की वजह से बैरक में असहनीय एवं तीखी दुर्गंध व्याप्त रहती थी–एक ऐसी तीखी दुर्गंध, जिसमें कैदियों को अपना पूरा भविष्य डूबा दिखाई देता था।

(5) बैरक के दोनों ओर छड़ों की दीवार थी, लगभग खुली हुई सी और कैदियों को जमीन पर सोना पड़ता था। गर्मी के दिनों में लू की एवं जाड़े के दिनों में शीतलहरी की सीधी मार सहनी पड़ती थी और छत पूरी बरसात टपकती रहती थी। मच्छर और कीड़े पूरे बैरक में भर जाते थे। दो छड़ों के बीच से बैरक में इलाके के खतरनाक साँप के घुस आने की घटना कई बार घट चुकी थी। बैरक पूरी रात जगता रहता था–कभी भूख से, कभी ठंड से तो कभी साथी बीमार कैदी की चीख से।

(6) बिना किसी अपवाद के बिहार के अन्य जिलों की भाँति किशनगंज में भी कोई महिला देखभाल गृह नहीं था, जहाँ पीड़िता को आश्रय एवं संरक्षण दिया जा सके। प्रत्येक महीने महिलाओं पर अत्याचार के लगभग दो दर्जन मामले दर्ज किए जाते थे और उन सबको जेल भेज दिया जाता था, जैसाकि मैंने पहले ही कहा, वहाँ कोई महिला देखभाल गृह नहीं था। पर जेल में किसी भी महिला अथवा पुरुष को तब तक नहीं रखा जा सकता जब तक कि वह अभियुक्त न हो। अत: संबंधित मामले में उक्त महिला को अभियुक्त करार देकर क्रूर संसार से बचाने के नाम पर जेल के अंदर डाल दिया जाता था। इससे अधिक मानवाधिकारों का अतिक्रमण नहीं हो सकता।

(7) महिलाओं के लिए पृथक जेल नहीं थी। पुरुषों के लिए निर्धारित जेल के ही एक हिस्से को महिला वार्ड में परिवर्तित कर दिया गया था जो बड़े ही गैरकानूनी ढंग से पूर्णतया पुरुष स्टाफ द्वारा संचालित होता था। वहाँ कोई भी महिला परिचालक, एस्कार्ट अथवा वार्डन नहीं थी।

(8) किशनगंज में न तो बच्चों के लिए कोई जेल थी और न ब्रास्टल होम। छोटे बच्चों को बड़े कैदियों के साथ जेल में रखा जाता था जिससे दोषी बच्चों को न्याय दिलाने के सभी मानकों का उल्लंघन होता था।

वास्तव में जुवेनाइल ऐक्ट, 1986 के बाद एक भी बच्चे को जेल में रखना सीधे तौर पर अवैधानिक है।

(9) पीड़ित महिलाओं या बच्चों के पुनर्वास के लिए कोई भी सुविधा नहीं थी।

(10) बच्चों के लिए कोई अदालत नहीं थी। आठ वर्ष पूर्व उच्च न्यायालय ने मुख्य न्यायिक मजिस्ट्रेट को जुवेनाइल कोर्ट के रूप में कार्य करने के लिए प्राधिकृत किया था लेकिन मुख्य न्यायिक मजिस्ट्रेट सामान्य दिन के कार्यों में इतना व्यस्त होता था कि उसके पास अलग से बच्चों पर चल रहे मुकदमों की सुनवाई के लिए वक्त ही नहीं होता था। कानून के अन्तर्गत यह जरूरी हो गया है कि एक बोर्ड गठित किया जाय जिसका एक चेयरमैन हो तथा दूसरे सदस्य जिन्हें सरकार नियुक्ति के लिए उचित समझती है। बच्चों की देखभाल के लिए गठित इस बोर्ड के सदस्यों में एक महिला सदस्य भी हो।

सुनवाई के पहले दिन 4 जुलाई, 1994 को अदालत द्वारा आदेश दिया गया कि याचिका में उठाए गए मामलों की जाँच की जाय और जिला तथा सेशन जज द्वारा सत्यापित कर उच्च न्यायालय को तीन सप्ताह में मामले की रिपोर्ट भेजी जाय। जिला जज ने सभी तथ्यों को सत्य पाया और अपनी राय व्यक्त की कि जेल के सभी कैदियों की हालत गुलामों से भी बदतर है। जिला जज ने यह भी बताया कि खरीदी एवं प्रयोग की गई सामग्री का सहायक जेलर लालदेव सिंह द्वारा कोई भी रिकार्ड नहीं रखा जाता था। अतः यह जानना मुश्किल था कि खाद्य सामग्री जेल मैनुअल के निर्देशानुसार उपलब्ध कराई जाती थी अथवा नहीं। वह रसोई में भी गए थे जो छोटा-सा एवं घुटन-भरा स्थान था। इसकी दीवारों से सीमेंट की परतें उतर गई थीं। न्यायाधीश ने इसे गन्दा और अस्वस्थकर पाया। यहाँ बनाई गई रोटियाँ या तो अधपकी होती थीं या फिर जली हुईं।

जिला न्यायाधीश ने कैदियों को आधे कपड़े पहने हुए देखा क्योंकि उन्हें पर्याप्त कपड़े नहीं दिए जाते थे। उन्होंने उठाए गए सभी मुद्दों पर शीघ्र ध्यान देने का सुझाव दिया लेकिन वे दुर्भाग्यवश ताहिर की मौत के मामले में खामोश रहे।

पीलिया के बाद जीवन के लिए संघर्ष ने ताहिर को कंकाल बना दिया था। उसकी मौत आशा के विपरीत हुई थी। उसे जेल से मौत के कुछ मिनट पहले रिहा किया गया था। वह जेल से केवल कुछ ही कदम आगे बढ़ा होगा कि खत्म हो गया, जिससे उसके साथी कैदी विचलित हो उठे। ताहिर

की मौत पर वे एक सप्ताह की भूख हड़ताल पर चले गए और पर्याप्त खाद्य, कपड़ों, चिकित्सा एवं स्वास्थ्य संबंधी सुविधाओं की माँग करने लगे।

सरकार ने किसी भी मुद्दे पर बिना आपत्ति प्रकट किए प्रति शपथ-पत्र दायर किया। सरकार ने केवल इतना ही कहा कि सरकार समस्याओं के समाधान के लिए व्यापक प्रयास कर रही है। बड़ी चतुराई से सरकार ने खाद्य मामलों, खाने के लिए आवंटित निधि, शौचालयों की मरम्मत तथा हैंडपंप उपलब्ध कराने के मुद्दों तक ही अपने जवाब सीमित रखे। बाकी मुद्दों पर उसने चुप्पी साध ली।

दो वर्ष बाद सरकार ने दो प्रति शपथ पत्र दायर किए जिसमें उसने वही वक्तव्य दिए जो अतिरिक्त जिला एवं सत्र न्यायाधीश तथा मुख्य न्यायिक दंडाधिकारी ने अपने प्रति शपथ-पत्रों में दिए थे।

वक्तव्य

''14.7.1995-तीन से चार पैंतालिस सायं के बीच अतिरिक्त जिला एवं सत्र न्यायाधीश, किशनगंज के साथ जेल का मुआयना किया। मल निकास के संबंध में जेल की स्थिति संतोषजनक है। जेल अधीक्षक ने कुछ प्रभावी कदम उठाए हैं जो प्रशंसनोय हैं।''

इस टिप्पणी के आधार पर सरकार ने इस मामले की बहस करते हुए कहा कि रिट याचिका में उठाए गए सभी मुद्दे सुलझा दिए गए हैं और कुछ भी शेष नहीं रह गया है, अतः याचिका खारिज की जाए।

मैंने कहा कि निरीक्षण की उपर्युक्त टिप्पणी जनहित याचिका में उठाए गए मुद्दों का कोई जवाब नहीं है, बल्कि जवाब देने से बचने का एक नायाब तरीका है-मुद्दों को सुलझाने का प्रयास तक नहीं है यहाँ।

बढ़ती परछाइयों के जाल में

जाड़े की सर्द रातों में
बिना किसी रजाई और गद्दे के
मैं गर्म रखने के लिए
शरीर दोहरा तो कर सकता हूँ
पर अपनी आँखें नहीं बंद कर पाता
जबकि सामने केले के पेड़ पर पड़ रही चाँदनी
ठंड और बढ़ा रही है।

–हो ची मिन्ह

मेरे द्वारा अदालत में दायर रिट याचिका पर कुछ सुनवाइयों के बाद सरकार न्यायिक अधिकारियों को अपनी ओर करने में निश्चित रूप से सफल हो गई थी। दुर्भाग्यवश वे अदालतें, जो जेलों के निरीक्षण का अपना दायित्व पूर्ण करने तथा जेल प्रशासन को आवश्यक निर्देश देने में असफल रहीं, राज्य प्रशासन के साथ मिलीभगत से ऐसा बयान दे रही थीं जिससे न्यायपालिका की छवि खराब हो रही थीं।

मैंने उच्च न्यायालय के समक्ष निवेदन किया कि जेल प्रशासन में कुछ भी परिवर्तित नहीं हुआ है और राज्य सरकार द्वारा पीड़ित महिलाओं के लिए

शरण-स्थल या संरक्षण गृह, बच्चों के लिए पृथक अदालत, जेल के कैदियों के लिए वस्त्र, शौचालयों की मरम्मत, पेयजल की आपूर्ति, उनके रहने के कक्षों के छतों की मरम्मत, ताकि बारिश में पानी आदि रिस कर न आए, जैसे मामलों को सुलटाने के लिए कोई भी कदम नहीं उठाया गया है।

अन्ततः उच्च न्यायालय ने मुझे जेल का निरीक्षण करने का आदेश दिया, ताकि मैं वहाँ की स्थिति का जायजा ले सकूँ और जाँच कर पता लगा सकूँ कि सरकार द्वारा किशनगंज जेल में सब कुछ ठीक होने के दावे के बाद कितना सुधार हुआ है।

वर्ष, 1995 की क्रिसमस की छुट्टियों में मैं किशनगंज गई और चार दिनों तक जेल का निरीक्षण किया। मैं समस्याओं का मूल कारण जानना चाहती थी। मैंने कैदियों के साथ विस्तार से बातचीत की। इस विषय में मैं न्यायपालिका की कारगुजारी भी देखना चाहती थी। बोका ठाकुर और रूदल साह के मुकदमे के अनुभव के आधार पर मैं यह सोच सकती थी कि अगर निम्न अदालतें और साथ ही उच्च न्यायालय कैदियों को लेकर सामान्य रुचि भी रखती तो स्थिति इतनी गंभीर नहीं होती। सरकार द्वारा कैदियों के अंगूठों के निशान के साथ अदालत में हलफनामा दायर कराया गया था, जिसमें कहा गया था कि इन कैदियों को कम-से-कम पिछले 15 महीनों से प्रतिदिन 233 ग्राम चावल, 233 ग्राम दाल तथा अन्य सभी सामग्री जेल नियमावली के अनुसार मिल रही थी। मुझे तभी से सारे तथ्य बनावटी लग रहे थे क्योंकि अधिकांश कैदी अनपढ़ थे। जब मैं वहाँ पहुँची तो सबसे पहला सवाल मैंने इसी बात को लेकर किया। उनमें से किसी ने भी स्वीकार नहीं किया कि उन्हें इस दरमियान कभी चावल दिए गए थे। यहाँ तक कि अधिकारियों ने, जिन्होंने शपथ पत्र दायर किए थे, पहले भी यही कहा था कि चावल, चने और गुड़ कैदियों को नहीं दिए जाते थे।

जेल निरीक्षण के दरमियान मैंने पाया कि सरकार द्वारा ठेकेदार को सामान की आपूर्ति के एवज में पूरी धनराशि नहीं दी जाती थी। लाखों रुपये बकाया रख कर भी जेल ठेकेदार को फिर नई आपूर्ति करने का आदेश देते रहते थे (जैसा कि बिहार सरकार सभी प्रकार की खरीद एवं ठेकों में करती है)। इसके अतिरिक्त प्रत्येक मद की कीमत जेल की बाजार कमेटी द्वारा तय की जाती थी जो वर्तमान बाजार दरों से हमेशा काफी नीचे होती थी। अधिकारियों द्वारा वही खाद्य-सामग्री खरीदी जाती थी जिनकी ओर देखा भी नहीं जाता, खरीदने की बात तो दूर रही। क्रिसमस के निकट एकमात्र सान्त्वना यही रही कि कैदियों पर खर्च होने वाली राशि

6.97 रुपये से बढ़ाकर 10.00 रुपये प्रतिदिन कर दी गई थी।

मैंने पाया कि कैदियों को वस्त्रों की आपूर्ति नहीं की जाती थी। तर्क यह था कि किशनगंज जेल में विचाराधीन कैदी ही थे, सजायाफ्ता शायद ही कोई हो और नियम के अनुसार सरकार विचाराधीन कैदियों को कपड़े देने के लिए बाध्य नहीं थी। यह दिसम्बर का महीना था और किशनगंज, दार्जिलिंग के नजदीक होने के कारण, तीखी ठंड की गिरफ्त में था। इस जाड़े में उन सोलह महिला कैदियों की स्थिति, जिनके साथ पाँच बच्चे भी थे, अत्यंत दयनीय थी। उनके पास एक भी कंबल नहीं था और वे सब, चिथड़ों से खुद को एवं बच्चों के शरीर को किसी तरह ढकी हुई थीं।

महिला एवं पुरुष कैदियों में अंतर इतना था कि पुरुष कैदी जानते थे कि अपनी शिकायतें कैसे व्यक्त की जाए जबकि महिला कैदी ऐसा नहीं कर सकती थीं। पुरुष कैदियों के पास भी पर्याप्त कंबल नहीं थे। तीन-तीन कैदियों को एक ही फटे हुए कंबल में रात गुजारनी होती थी।

पूरी रात वे आपस में सटकर गर्मी पाने की कोशिश करते थे और सूर्य उगने के इंतजार में पूरी रात गुजार देते थे। मौसम की मार बैरक के कैदियों को और अधिक परेशान कर रही थी क्योंकि बैरक में चारों तरफ छितरी सलाखें थीं। बरसात के दिनों में भी उनकी स्थिति अच्छी नहीं होती थी क्योंकि छत हमेशा टपकती रहती थी।

कंबलों के लिए सरकार द्वारा कोई बजट स्वीकृत नहीं किया गया था। जेल अधीक्षक ने मुझे बताया कि जिन करघों पर कंबल तैयार किए जाते थे, वे खराब पड़े हैं। ये करघे अंग्रेज़ों के जमाने के थे और इसके बहुत से पुर्जे गायब हो चुके थे जबकि पूर्व में बिहार की जेलों में कैदियों द्वारा स्वयं कंबल बुने जाते थे। लेकिन अब स्थिति बदल गई है। अब कंबल बाहर के राज्यों से मँगाए जाते थे। इसके लिए पैसा, ऊर्जा एवं संकल्प की जरूरत थी। और इस तरह प्रत्येक जेल को कंबल के लिए अपनी बारी की प्रतीक्षा करनी पड़ती थी। इसमें कई वर्ष लग जाते थे। जेल के एक वरिष्ठ अधिकारी ने मुझे सूचित किया कि करघों को जरूरत थी थोड़ी-सी मरम्मत एवं तेल की, पर यह सब जान-बूझकर छोड़ दिया गया था। जेल विभाग को बाहर से कंबल खरीदने में ही रुचि थी क्योंकि इससे जेल अधिकारियों की जेबें गर्म होती थीं।

बरतनों की कमी भी कैदियों को झेलनी पड़ती थी। यहाँ भी तीन कैदियों को एक ही अल्युमिनियम प्लेट में खाना पड़ता था। जहाँ तक शौचालय का सवाल था, न तो उनकी संख्या पर्याप्त थी और न ही वे चालू

हालत में थे। सिर्फ चार ही इस्तेमाल करने योग्य थे और वे भी खुले और बिना दरवाजों के थे। इनमें गोपनीयता नहीं थी। शौचालय लबालब भरे होते थे, पर उन्हें साफ करने वाला कोई नहीं था। 216 कैदियों के लिए एक ही हैंडपंप था। जहाँ तक नगरपालिका के नलों का सवाल है, तो उससे कोई मदद नहीं मिलती थी। नगरपालिका के नलों से दस-दस दिनों तक पानी का एक बूँद भी नहीं टपकता था।

जब मैं जेल के दौरे पर थी, कुछ कैदी बुखार एवं अन्य रोगों से ग्रस्त थे, लेकिन वहाँ कोई भी डॉक्टर नहीं था जो उनकी जाँच करता और दवाइयाँ देता। बीमारियाँ चाहे कितनी भी गंभीर हों, लम्बे समय तक उन पर विचार नहीं किया जाता था। अपहरण के मुकदमे में 7 वर्ष की कड़ी सजा भुगत रहा एक कैदी क्षय रोग की लगभग अंतिम अवस्था में था। मेरी छानबीन पर जेल अधीक्षक ने मुझे बताया कि उसकी देखभाल करने की कोई जरूरत नहीं है, क्योंकि उसका पूर्णिया जेल में स्थानान्तरण होने ही वाला है। मैंने कहा कि इससे क्या फर्क पड़ता है कि वह स्थानान्तरित हो रहा है। आखिर आपको अपनी जेब से तो पैसे देने नहीं हैं। यह सरकारी मद का मामला है। यहाँ रहे या वहाँ, इलाज तो समय पर जरूर होना चाहिए। लेकिन अधीक्षक इस मद में दिए गए थोड़े से पैसे के लिए भी सचेत था। मैंने उसे सुझाव दिया कि उसे कम-से-कम सरकारी अस्पताल में भेज दिया जाय। वहाँ कोई खर्च नहीं करना पड़ेगा। अधीक्षक इस बात पर बिफर गया। उसने साजिश-भरे लहजे में कहा कि इन कैदियों को गंभीरता से लेने की कोई जरूरत नहीं है। अब इसे ही लीजिए। इसने जान-बूझकर अपना इलाज तब नहीं कराया जब वह जमानत पर था। ऐसे लोग मौके की ताक में होते हैं कि जेल जाएँ और मुफ्त इलाज कराएँ। मैंने उसे यह कहकर संतुष्ट करने का प्रयास किया कि हो सकता है, ऐसे लोगों के पास इलाज के लिए पैसे न हों अन्यथा कौन कुछ पैसे बचाने के लिए मरना पसंद करता है। मैंने अधीक्षक को यह नहीं कहा कि यह जेल की अमानवीय अव्यवस्था है जो ऐसे लोगों को पीलिया अथवा क्षय रोग का शिकार बनाती है।

जब मैं किशनगंज जेल के पहले दौरे पर थी यानी कि अप्रैल, 1994 तब जेल में महिला वार्ड की देखभाल के लिए कोई भी महिला स्टाफ नहीं थी। लेकिन अब वहाँ तीन अस्थायी महिला कर्मचारी थीं। जहाँ तक महिला कैदियों का सवाल है, उन्हें न्यूनतम जरूरत की चीजें भी मुहैया नहीं कराई जाती थीं, मसलन तेल, कपड़े, साबुन इत्यादि और उनके साथ जो बच्चे

थे उनके लिए न तो दूध की व्यवस्था थी और न कोई दूसरी सुविधाएँ। उनका कोई कसूर नहीं था फिर भी वे जेल के वातावरण में पलने-बढ़ने को बाध्य थे। वे किसी को भी प्यारे नहीं थे सिवाय अपनी माँ के जिससे वे बार-बार यह जानना चाह रहे थे कि वे ऐसी जगह पर कैसे पहुँच गए जहाँ उनके लिए कैद, भूख और तिरस्कार के अलावा कुछ नहीं था।

अदालत के समक्ष कभी नहीं

> एक साधारण व्यक्ति से पूछिए, न्याय क्या है और उसका जवाब होगा–कुछ भी सिवाय कानून के। एक साधारण आदमी से पूछिए, कानून क्या है, उसका जवाब होगा–कुछ भी सिवाय न्याय के।
>
> **–एक अधिवक्ता**

यद्यपि किशनगंज जेल और जिला अदालत के बीच की दूरी कुछ गज की ही है और कोर्ट हाजत न्याय कक्ष के बीच है फिर भी अधिकांश कैदियों का कहना था कि उन्हें शायद ही कभी अदालत के समक्ष पेश किया गया हो। आश्चर्यजनक रूप से जेल में पन्द्रह दिनों तक रखे जाने के बाद 'कोर्ट में पेशी की वैधानिक बाध्यता' का अनुसरण नहीं किया जाता था, जिसके बिना कैदी को जेल में रखना कानूनन अनुचित है। जब कैदियों ने मुझे बताया तो मुझे एकबारगी विश्वास नहीं हुआ।

अपने आधारभूत कर्तव्यों की पूर्ति के बिना अदालत कैसे कार्य कर सकती है? मैंने कैदियों से पूछा कि उन्हें अदालत में प्रस्तुत करने में क्या व्यवधान है और यह कैसे संभव है? वे चिल्लाए कि उनको अदालत के समक्ष प्रस्तुत करने वाले उनसे पचास रुपये माँगते हैं जो देना असंभव है।

मैं यह जानकर दुखी थी कि अदालत कैदियों के साथ धोखाधड़ी कर रही थी। अदालत के कर्मचारियों को अभियुक्तों की हाजिरी दर्ज करने के लिए हाजत के भीतर ही कैदियों के अंगूठे के निशान अथवा कोरे कागज पर हस्ताक्षर लेने की अनुमति दे दी गई थी। अभियुक्त इसके आदी हो गए थे। वे अदालत के समक्ष अपनी पेशी नहीं कराए जाने की शिकायत तक नहीं करते थे। आलसी और भ्रष्ट कर्मचारी बचने का कोई-न-कोई आसान तरीका ढूँढ़ ही लेते हैं। ऐसा करके अदालतें, जो अभियुक्तों के दोषों के खिलाफ निर्णय देती हैं, खुद कैदियों के साथ धोखाधड़ी करने का अपराध कर रही थीं। उनके इस कार्य ने मुझे यह मानने पर मजबूर कर दिया था कि निचली अदालतें, पुलिस तथा जेलकर्मी संस्थागत जुर्म में संलिप्त हैं।

कोई जेल-कार्ड नहीं

किशनगंज जिला बिहार का सबसे पिछड़ा जिला है जहाँ पैसा और शिक्षा केवल कुछ ही लोगों तक सीमित है। बहुत सारे कैदियों को यह भी नहीं मालूम था कि उन्होंने जमानत के लिए अर्जी दी है अथवा नहीं। उन्हें इस बात की भी जानकारी नहीं रहती थी कि उन पर क्या आरोप लगाए गए हैं और उसकी गंभीरता क्या है और उन्हें क्या सजा हो सकती है?

एक जरूरी कागजात जिससे कैदियों की शिनाख्त होती है, उन पर लगे आरोप और जेल में डाले जाने की तारीख एवं रिहाई की तारीख अंकित होती है वह है जेल-कार्ड। तब भी कानून का घनघोर उल्लंघन करते हुए किसी भी कैदी को जेल-कार्ड नहीं दिया गया था।

मुझे यह भी बताया गया था कि कई मामलों में कैदी इसलिए अदालत में प्रस्तुत नहीं किए जा रहे थे कि वहाँ अभियुक्तों को जेल से अदालत ले जाने के लिए पर्याप्त संख्या में सिपाही नहीं थे। सच तो यह है कि पिछले दस वर्षों से सिपाही के पद पर कोई नई नियुक्ति नहीं हुई थी। ऐसा लगता है कि सरकार के सामने प्राथमिकताओं की सूची में अदालत के समक्ष कैदियों की पेशी सबसे नीचे थी। कुछ और भी दिक्कतें थीं। पर्याप्त वाहन नहीं थे जो कैदियों को निर्धारित समय पर अदालत ले जाते। जो वाहन थे, वे या तो मरम्मत के लिए पड़े थे या फिर पेट्रोल न रहने के कारण निष्क्रिय थे। यहाँ तक कि हथकड़ियों और रस्सियों की भी जेल में कमी थी।

कानूनी परामर्श एवं सहायता का अभाव

किशनगंज जेल में ही लगभग सभी महिलाओं और कम-से-कम 25

प्रतिशत पुरुष कैदियों को कानूनी सहायता एवं परामर्श की जरूरत थी। महिलाओं के विषय में मुझे मालूम हुआ कि जैसे ही उन्हें जेल की सलाखों के पीछे भेज दिया जाता है, उन्हें परिवार द्वारा तिरस्कृत कर दिया जाता है। फलतः बाहर उनका कोई भी पैरवीकार नहीं होता। वे मजिस्ट्रेट को कभी भी यह नहीं बता पातीं कि उन्हें कानूनी सहायता की जरूरत है। इसके अतिरिक्त अधिकांश ऐसी महिलाएँ थीं जिन्हें यह भी नहीं मालूम था कि उन्हें कानूनी सहायता प्राप्त करने का अधिकार है।

मैं यह देखकर आश्चर्यचकित थी कि आपराधिक प्रक्रिया संहिता की धारा 107 के तहत वहाँ आठ कैदी बंद थे जबकि कानूनन वैसे व्यक्ति को जेल में नहीं रखा जा सकता जिसने जुर्म न किया हो। कानून के अनुसार यदि कार्यकारी मजिस्ट्रेट को यह सूचना मिले कि कोई भी व्यक्ति शांति भंग करने वाला है या उसके किसी गलत कार्य से शांति भंग होती है, वह ऐसे व्यक्ति से निजी मुचलका उस अवधि तक भरने को कह सकता है जब तक शांति भंग होने का अंदेशा हो, लेकिन यह अवधि एक वर्ष से अधिक नहीं होनी चाहिए।

पर बिहार में झुंड-के-झुंड लोग आपराधिक प्रक्रिया संहिता की धारा 107 एवं 109 के अंतर्गत शुरू में ही जेल में ठूँस दिए जाते हैं जहाँ वे महीनों रहते हैं। क्या यह अति गंभीर स्थितियों से निपटने के लिए लगाए गए **मीसा** एवं **टाडा** से भी ज्यादा भयानक नहीं है? जब मैंने जेल अधीक्षक से पूछा कि ऐसा अन्याय क्यों है, तो उसने बड़े निश्चित भाव में कहा- कानूनन वे सिर्फ छः महीनों के लिए ही तो जेल में रखे जाते हैं–तो फिर इस छोटी-सी अवधि से पहले रिहा होने के लिए अदालत दौड़ने की क्या आवश्यकता है ? अधीक्षक ने आगे बताया–ऐसे मामले में आए लोगों तथा उनके रिश्तेदारों का भी ऐसा ही मानना है।

किसी व्यक्ति की गिरफ्तारी सिर्फ संदेह के बिना पर या उसके किसी जुर्म में सहभागिता की जाँच किए बिना निंदनीय है, ऐसा उच्चतम न्यायालय अपने निर्णयों में कई बार दोहरा चुका है, लेकिन दुर्भाग्यपूर्ण स्थिति यह है कि बहुत सारे लोग जिनमें कार्यकारी मजिस्ट्रेट तक शामिल हैं, ऐसे निर्णयों के प्रति बड़ा ही उदासीन रवैया अपनाए हुए हैं या फिर उन्हें इसकी जानकारी नहीं है। प्रश्न तो यह उठता है कि जब इस स्तर के अधिकारी तक ऐसा रुख अख्तियार किए हुए हैं या इतने अनभिज्ञ हैं तो फिर क्यों इनके हाथ में कानून और व्यवस्था को बनाए रखने जैसा दूभर कार्य सौंपा जाता है? कानून की जानकारी एवं प्रशिक्षण के बिना ये कई

बार किसी तानाशाह से भी ज्यादा निरंकुश साबित होते हैं जो बिना किसी झिझक के लोगों के जनतांत्रिक अधिकारों को कुचल डालता है। विडम्बना तो यह है कि उन्हें इन सबके लिए पगार दी जाती है।

अन्य सरकारी अधिकारियों की भाँति मजिस्ट्रेटों द्वारा कानून की प्रक्रिया को हाशिए पर रखना केवल बिहार तक ही सीमित नहीं। टाइम्स ऑफ इण्डिया, दिल्ली में 6 जून, 1977 को एक रपट प्रकाशित हुई, जिसमें सेशन कोर्ट एक सब-डिवीजनल मजिस्ट्रेट पर जम कर बरसा जिसने 19 वर्षीया निर्मला से मरणासन्न बयान ही नहीं लिए, अदालत को उसके ससुराल वालों को बरी कर देना पड़ा, जिनके खिलाफ उसने जिंदा जलाने का आरोप लगाया था। इस मामले में सेशन जज ने अपने आदेश में रिकार्ड किया कि उपमंडल दंडाधिकारी पीड़िता के मरणासन्न बयान दर्ज करने की अपेक्षा स्थानीय पुलिस के जाँच अधिकारी के बयान पर आश्रित रहा। इससे न्यायाधीश को विवश होकर ऐसे दोषी व्यक्तियों को रिहा करना पड़ा, जिन्हें दहेज के कारण हत्या के मामले में दंड मिलना चाहिए था।

यह कानून की भयानक अवहेलना है जिसका फायदा मुजरिम उठाते हैं और इस तरह कानून तोड़ने के उनके इरादे और पक्के होते हैं। अगर कुछ अपवादों को छोड़ दें तो ये बात बड़े पक्के ढंग से कही जा सकती है कि पीठासीन अधिकारी हमारी आपराधिक न्यायिक प्रक्रिया (क्रिमिनल जुडिशियल सिस्टम) के मूल नियमों की अवहेलना करते हैं।

तर्क बनाम सनक

जहाँ मानव के बँधुवा होने और व्यक्तिगत यंत्रणा का सवाल है वहाँ इन्तजार करना हार है।

–वी. आर. कृष्ण अय्यर

उच्चतम न्यायालय ने बार-बार कहा है कि अदालतों को जमानत के आदेशों के संदर्भ में ऐसी असंभव शर्तों से बचना चाहिए जो जमानत के आदेश को महज कागज का टुकड़ा बनाकर रख दे। यदि अदालत को महसूस होता है कि किसी को जमानत दी जानी चाहिए तो ऐसी स्थिति में ऐसी शर्तें कि जमानती राजपत्रित अधिकारी होना चाहिए या फिर बाहरी व्यक्ति के संबंध में जमानती स्थानीय व्यक्ति होना चाहिए अथवा गरीब व्यक्ति के संबंध में 50 हजार रुपये के मुचलके का सीधा अर्थ होता है कि कैदी जेल में ट्रायल होने तक के लिए सड़ता रहे। ऐसा नहीं किया जाना चाहिए। लेकिन वास्तविकता यही है।

पटना उच्च न्यायालय द्वारा डकैती के एक मामले में मनीरुद्दीन के पुत्र अमीरूल को जमानत दे दी गई थी, पर जमानत आदेश की शर्तों को पूरा न कर पाने के कारण रिहा नहीं किया जा सका। ऐसा ही मामला मकबूल

हुसैन के पुत्र याकूब का था। याकूब और अमिरूल एक ही मामले में 8 जून, 1992 से जेल में थे। इसी तरह असम निवासी राजू कमाण्डर यद्यपि अप्रैल, 1995 से जेल में था, लेकिन उसे भी इसी तरह की किसी शर्त को पूरा न कर पाने के कारण, रिहा नहीं किया जा सका। उमेश सहनी पुत्र चलित्तर सहनी आपराधिक प्रक्रिया संहिता की धारा 109 के अन्तर्गत, जमानत के बावजूद जेल से रिहा नहीं किया गया। वह 19 अगस्त, 1995 से जेल में है। ऐसा ही एक मामला रामदेव पासवान के पुत्र कोपा पासवान का है जो 20 जून, 1995 से चोरी के एक मामले में जेल में है और यहाँ भी उसके हाथ में अदालत का जमानत आदेश है।

कोई बहस करने वाला नहीं—ऐसे कैदियों की एक लंबी सूची थी जिनके पास उनके मामले की देखरेख के लिए न तो कोई आदमी था और न कोई पैसा। वे कभी भी अदालत के समक्ष नहीं लाए जा सके जहाँ वे अपनी सहायता के लिए गुहार करते। आपराधिक प्रक्रिया संहिता में अब कानूनी सहायता का प्रावधान भी जोड़ा गया है। इस प्रावधान के तहत अभियुक्त के पास सहायता के लिए यदि कोई व्यक्ति नहीं है या अपने मामले के लिए वकील हेतु पैसे नहीं हैं तो उसे अधिकार है कि वह अदालत से निःशुल्क वकील की माँग करे। इस कानूनी सहायता के पीछे मंशा यही है कि कोई भी व्यक्ति अपनी सफाई के बगैर दंडित न किया जा सके। लेकिन यह मूल्यवान अधिकार, अपवादों को छोड़कर, किताब तक ही सीमित है। जैसाकि होता है, अधिकांश कैदी छोटे अपराधों में पकड़े जाते हैं और अपने सगे-संबंधियों से अलग कर दिए जाते हैं और वह भी बिना किसी पैसे के। वे गिरफ्तारी के तुरंत बाद जमानत प्राप्त नहीं कर पाते। जमानत पाना इतना सरल भी नहीं है। बहुत सारे मामले में इस कार्य के लिए कम-से-कम तीन अदालतों की परिक्रमा लगानी पड़ती है।

आवश्यक संशोधन

अपराध न्यायिक पद्धति [क्रिमिनल जुडिशियल सिस्टम] में सबसे पहला दोष इसकी प्रक्रिया का है। कानून में, जमानत हेतु अथवा किसी भी प्रकार के न्याय के लिए अभियुक्त को स्वयं पहल करनी पड़ती है। भारत जैसे देश में जहाँ अभियुक्त घर से दूर रहने, धन एवं मानवीय तथा नैतिक समर्थन के अभाव के कारण अथवा दूसरे कारणों से ऐसा नहीं कर पाता, जमानत दिलाने का दायित्व सरकार पर होना चाहिए। सरकारी वकील के ऊपर यह भार होना चाहिए कि गिरफ्तारी के दो-तीन दिन के भीतर ही

दंडाधिकारी के समक्ष जमानत की अर्जी दायर करे। अदालतों को इस कार्य के लिए सामूहिक रूप से जिम्मेदार बनाना चाहिए। अदालतों को केवल जघन्य अपराधों के मामले में ही जमानत से मनाही करनी चाहिए।

इसके साथ ही विभिन्न जुर्मों के लिए जेल में बंद विचाराधीन कैदियों की समयावधि निर्धारित की जानी चाहिए। उम्रकैद अथवा मौत की सजा जैसे कुछ जुर्मों को छोड़कर अन्य मामलों में 'अदालत की स्वेच्छा' जैसे शब्द को हटा देना चाहिए। कानून में इस परिवर्तन से छोटे जुर्मों में अदालत की ओर से भेदभाव कम होगा। विशेष जुर्म में हिरासत की न्यूनतम सीमा भी तय होनी चाहिए। एक ही तरह के विभिन्न मामलों में असमान आदेशों के पारित होने के कारण अक्सर न्यायपालिका के विरुद्ध भाई-भतीजावाद और भ्रष्टाचार के आरोप लगाए जाते हैं।

कानून में एक और कमी जो मैंने पाई वह है, अदालत में गवाहों की पेशी। कई बार गवाहों के हाजिर न होने के कारण मामले वर्षों लंबित पड़े रहते हैं। गवाह दो प्रकार के होते हैं—सरकारी और गैरसरकारी। गैर सरकारी गवाह शातिर अपराधियों द्वारा किए गए गंभीर मामलों में अदालत के समक्ष पेश होने से घबड़ाते हैं, क्योंकि राज्य उन्हें कोई भी सुरक्षा प्रदान नहीं करता है। हत्या तथा डकैती के गंभीर अपराधों के अलावा महिलाओं एवं बच्चों के विरुद्ध किए गए अपराधों में भी गवाह बयान नहीं देना चाहते क्योंकि अदालती कार्यवाही बंद कमरे में नहीं होती और गवाहों की पहचान भी छिपाई नहीं जाती। सरकारी गवाहों मसलन जाँच अधिकारी तथा चिकित्सकों की पेशी में भी कई बार अपने तरह की अड़चनें आती हैं—जैसे उनका किसी दूसरी जगह स्थानान्तरण हो जाना और वैसी परिस्थिति में यात्रा-भत्ता नहीं दिया जाना। इस विषय में अदालत का कहना है कि यह भत्ता सरकार के पास उपलब्ध निधि से दिया जाना चाहिए, लेकिन वास्तविकता में सरकारी गवाहों को सरकारी भत्ता कभी नहीं दिया जाता है। कहानी का एक और दुखद पहलू यह है कि संबंधित विभाग द्वारा इन स्थानान्तरित सरकारी गवाहों के नवीनतम पते नहीं रखे जाते जिसके परिणामस्वरूप या तो वे वर्षों तक उपलब्ध नहीं होते या फिर कभी भी अदालत में पेश नहीं होते। गवाहों को अदालत में आवश्यकता पड़ने पर उपलब्ध कराने के लिए अलग से पुलिस अधिकारी होने चाहिए।

पटना की निचली अदालत में एक दोहरा हत्याकांड [एस०टी० संख्या नं० 318/89] अतिरिक्त जिला एवं सत्र न्यायाधीश-4 पटना के समक्ष सुनवाई हेतु लंबित था। मामले में कुल मिलाकर आठ गवाह थे। इनमें से

सात गवाहों की पेशी जनवरी, 1991 तक पूरी हो गई थी पर अन्वेषण अधिकारी जनवरी, 1996 तक उपस्थित नहीं हुआ था। कोर्ट का मानना था कि अभियोजन-पक्ष की इस कमी के कारण अभियुक्त को नहीं छोड़ा जाना चाहिए। फिर भी, अन्वेषण अधिकारी को प्रस्तुत होने के लिए अदालत बाध्य नहीं कर सकती थी जो अन्य बातों के अलावा कानून की सीमा की ओर भी इशारा करता है।

आपराधिक प्रक्रिया संहिता में यह भी प्रावधान लाया जाना चाहिए कि इसमें पुलिस द्वारा अन्वेषण करने की समय-सीमा निर्धारित हो और इस समय-सीमा को अदालत द्वारा विशेष मामलों में ही बढ़ाना चाहिए, क्योंकि देखा यही गया है कि अन्वेषण समाप्त करने के लिए सीमा निर्धारित न किए जाने से पुलिस काफी समय ले लेती है। अकेले सिविल कोर्ट पटना में पिछले 20-25 वर्षों से 100-150 मामले अन्वेषण के अभाव में लंबित पड़े हैं। आश्चर्यचकित होने के लिए नहीं और न परेशान होने के लिए बल्कि आपके अंदर कुछ कर सकने का जज्बा पैदा हो, इसलिए मैं यहाँ उदाहरण के तौर पर यह बता दूँ कि पिरबहोर पी०एस०केस० नं० 2/1947 में आरोप पत्र जनवरी, 1996 में दाखिल किया गया था। समय और अनुभव ने यह बताया है कि पुलिस अपनी ओर से अन्वेषण से संबंधित मूलभूत कर्तव्य निभाने में ज्यादा रुचि नहीं लेती। इन सबको दूर करने के लिए यह जरूरी है कि पुलिस की एक पृथक शाखा खोली जानी चाहिए जो समय पर अन्वेषण समाप्त न करने की स्थिति में कानून के समक्ष जवाबदेह हो।

भारत के पूर्व न्यायाधीश जस्टिस रंगनाथ मिश्र जो बाद में मानवाधिकार आयोग के अध्यक्ष बने, ने न्यायपालिका को अधिक जवाबदेह बनाने के लिए इससे संबंधित कानून में परिवर्तन के बारे में मेरे सुझावों की भारी प्रशंसा की। जस्टिस मिश्र के साथ 28 सितम्बर, 1996 को हुई बैठक में अभियुक्त की जमानत, कानूनी सहायता तथा मामले की समयबद्ध जाँच, गवाह की पेशी और अभियुक्त के मुकदमे के संबंध में विचार-विमर्श हुआ और उन्होंने इस बात का आश्वासन दिलाया कि वे इन मुद्दों को विधिवेत्ताओं तक ले जाएँगे ताकि कानून में आवश्यक संशोधन किया जा सके। माननीय न्यायाधीश मिश्र बिहार में जेलों की स्थिति जानने के लिए आए हुए थे और तभी मैंने उन्हें बताया कि राज्य की विभिन्न जेलों में सैकड़ों ऐसे लोग बंद पड़े हैं, जिन्हें कानूनन एक दिन भी जेल में नहीं रखा जाना चाहिए। अगर हमारी न्यायिक प्रक्रिया इसके लिए जवाबदेह होती तो वे लोग काफी पहले रिहा कर दिए गए होते।

मामला सोलह रुपये का सुनवाई हो या न हो

अन्याय हमारे अंदर हर इस बात की इच्छा जागृत करता है कि सब कुछ ध्वस्त हो जाए। और क्या हो जब सिर्फ अमीर व्यक्ति ही कानून का सुख भोग सकता है, एक संदेहास्पद विलासिता की तरह, और गरीब जिसे इसकी बहुत ज्यादा जरूरत है, पा नहीं सकते।

—जस्टिस वी.आर. कृष्ण अय्यर

अदालतों में भ्रष्टाचार के मूल कारणों में एक महत्त्वपूर्ण कारण, अदालत के क्लर्कों के कुकृत्य हैं, जिसके कारण मुकदमों की सुनवाई में विलंब होता है।

निचली अदालतों में मुंशी एवं पेशकार दो ऐसे व्यक्ति हैं, जो किसी भी बात की अपेक्षा पैसा बनाने में ज्यादा रुचि रखते हैं। उनका कुछ भी नहीं जाता यदि मुकदमे में अगली तारीख पड़ जाती है। मुंशी 50 से 100 रुपये बना लेता है जबकि पेशकार का सोलह रुपया पक्का है।

अदालतों में अगली तारीख देने का काम पेशकार का ही है। समय देने का काम कभी-कभार ही अदालत के पीठासीन अधिकारी द्वारा किया जाता है। इस तथ्य को जानते हुए कि कोई एक पक्ष मामले को लंबित रखने का

इच्छुक है, पेशकार आसानी से उसकी इच्छानुसार तारीख दे देता है। वकील भी मामले को लंबित रखे रहने में रुचि रखते हैं क्योंकि वे जानते हैं कि जितनी तारीखें पड़ेंगी उतनी अधिक फीस मिलेगी जबकि मुकदमा वहीं-का-वहीं पड़ा रहता है। और इस तरह मुकदमा फैसले की ओर महीनों एक कदम भी नहीं बढ़ा पाता। एक निचली अदालत में अपने-आपको मुवक्किल की तरह पेश करते हुए मैंने कुछ वकीलों से पूछा कि नई तारीख लेने पर हर बार थोड़ा पैसा क्यों देना पड़ता है? उन्होंने निःसंकोच कहा, "आप नहीं जानते, पेशकारों को न्यायालय के पीठासीन अधिकारियों के खान-पान के लिए पैसा इकट्ठा करना पड़ता है। इसके अतिरिक्त यह पैसा अदालत के अन्य कर्मचारियों के साथ भी बाँटना पड़ता है।" यह सुनकर संस्थागत जुर्म के दुष्चक्र को लेकर मेरा शक पक्का हो गया यदि पुलिस गुंडागर्दी करती है तो अदालतें उस ओर ध्यान नहीं देतीं। मुंशी के रुपये ऐंठने पर वकील चुप रहते हैं और यदि अदालत का दोष होता है तो वकील और पुलिस दोनों चुप रहते हैं। और इस तरह सबकी जेबें भरती रहती हैं, जिसका भार जमाने भर के सताए हुए गरीब मुवक्किल पर पड़ता है।

अंततः इस विषय को अत्यंत गंभीरता से लेते हुए तथा इसके हर पहलू पर मैंने इन सब के बारे में अपनी जेल-निरीक्षण रिपोर्ट में लिखा, क्योंकि मैं जानती थी कि संस्थागत अपराध के विरुद्ध अकेले लड़ना बहुत मुश्किल है। कोई भी इसे पसंद नहीं करेगा मुझे लगा कि इससे मेरी वकालत पर असर पड़ेगा और इस तरह मेरे पास पैसे की भी कमी हो जाएगी। मैंने पहले भी बोका ठाकुर और रूदल साह के मुकदमे लड़े थे जिससे कुछ वकील बड़े दुखी हुए थे और तभी से मेरी वकालत पर प्रतिकूल असर पड़ना शुरू हो गया था। तब भी, मैंने आगे बढ़कर काम करने का फैसला लिया और उन सभी मुद्दों को उठाना चाहा, जो मुझे संस्थागत जुर्म का मामला लग रहा था। मैंने बड़ी निर्भीकता से अपनी निरीक्षण-रिपोर्ट में इन सभी बातों को रखा। मैं उम्मीद कर रही थी कि राज्य और जेल के अधिकारी इसका जरूर जवाब देंगे, लेकिन ऐसा कुछ नहीं हुआ। यहाँ तक कि अदालत द्वारा भी इस पर कोई टिप्पणी नहीं की गई। लेकिन जो लोग इस संस्थागत जुर्म में आकंठ डूबे हुए हैं और जिन्होंने इसे एक परम्परा के रूप में अपना लिया था, उन्होंने इन मुद्दों पर कुछ कहने की बजाय मौन रहना ही श्रेयस्कर समझा।

मैंने यह भी देखा कि निम्न न्यायपालिका के पास सुचारु रूप से काम करने के लिए कोई समुचित आधारभूत ढाँचा नहीं है। मुकदमों के निपटारे

में विलंब की यह भी एक बड़ी वजह रही है। उदाहरण के तौर पर निचली अदालतों में वकीलों के पास बैठने के लिए यथोचित स्थान नहीं है। उन्हें बाहर खुले में बैठना पड़ता है। पुस्तकालय का तो सवाल ही नहीं उठता। पीने के लिए शुद्ध जल तक नहीं और न खाने के लिए कोई स्थान। इन सब के लिए जिम्मेदार जो भी हो–बार-कौंसिल या सरकार, लेकिन वास्तविक स्थिति यही है, जबकि बार कौंसिल के पास, सुनने में आता है कि करोड़ों रुपये पड़े हैं। कोई नहीं जानता, इतनी बड़ी राशि का आखिर होता क्या है? बार-कौंसिल भी आखिर एक संस्था है। उधर उँगली उठाने की हिम्मत कौन करे!

जहाँ तक न्यायिक अधिकारियों का सवाल है, उनकी स्थिति भी वकीलों से कोई बेहतर नहीं। कई जगह तो समुचित कोर्ट-रूम तक नहीं है। उन्हें सीढ़ी के नीचे या बरामदे में ही छोटी-सी कोई जगह घेरकर भारी आवाजाही के बीच ही बहस सुनना और फिर फैसले देना जैसे गंभीर काम को अंजाम देना पड़ता है। इसी तरह पुस्तकालय, स्टेनो, टाइपिस्ट और कई बार तो टाइपराइटर और लेखन सामग्रियों की कमी काम में बाधा पहुँचाती रहती है जिस वजह से न्यायिक अधिकारियों को कई बार गवाहों के बयान और लंबे फैसले खुद लिखने पड़ते हैं। फिर वक्त कहाँ बचता है उनके पास कि वे प्रशासनिक कार्य की ओर ध्यान दे पाएँ जिसके अंतर्गत जेल का निरीक्षण जैसा गंभीर काम भी आता है। इसके अलावा कई तरह के छपे हुए फॉर्म होते हैं जिनकी जरूरत हर कदम पर पड़ती रहती है। यह फॉर्म अदालत द्वारा बिना किसी कीमत के अभियुक्तों और गवाहों आदि को दिए जाने चाहिए, लेकिन ऐसा शायद ही कभी होता है। निधि की कमी के कारण इस तरह के फॉर्म वर्षों से अदालतों से गायब हैं। अभियुक्तों को यह दस्तावेज बाजार से खरीदने पड़ते हैं जिसके लिए कई बार अभियुक्तों के पास पैसे नहीं होते और कई बार यह फॉर्म बाजार में उपलब्ध नहीं होते और इससे मुकदमों में अनावश्यक विलंब होता है।

प्राथमिकी, केस-डायरी, पोस्ट-मार्टम रिपोर्ट, शिनाख्त रिपोर्ट आदि जैसे महत्त्वपूर्ण दस्तावेज अदालत द्वारा अभियुक्तों को निःशुल्क देने होते हैं। लेकिन दुर्भाग्यवश अभियुक्तों को ये कागज लेने के लिए मुंशी को अनावश्यक पैसे देने पड़ते हैं जो कई बार उनके पास नहीं होते और यह बेमतलब की मजबूरी मुकदमे में विलंब का कारण बन जाती है।

पटना से प्रकाशित एक हिन्दी समाचार पत्र 'आज' ने 5 अक्टूबर, 1996 को इस आशय की खबर छापी कि पटना उच्च न्यायालय के मुख्य

न्यायाधीश ने सभी जिला न्यायाधीशों को आदेश दिया है कि वे पेशकार द्वारा पेशगी लेने की प्रथा को बंद करें और खुद अगली तारीख दिया करें।

इस खबर को छपे हालाँकि दो वर्ष से ऊपर हो गए लेकिन इस आशय का कोई भी आदेश-पत्र जारी नहीं हो पाय।

सुविधाओं का अभाव

निचली न्यायपालिका के स्तर पर आधारभूत ढाँचे की कमी केवल बिहार तक ही सीमित नहीं, देश के अन्य राज्यों में भी यह कमी महसूस की जाती रही है। चेन्नई में, विल्लूपूरम् जिला के त्रिक्कोविल्लू में मुंसिफ अदालत के एक सहायक जज ने रोष में कहा, "मुझे राज्य सचिवालय के समक्ष अपने परिवार के साथ भूख-हड़ताल पर बैठने को बाध्य होना होगा।" उसकी शिकायत यह थी कि उसे एक महीने में कम-से-कम 15 मामलों का निपटारा करना होता है और जिसके लिए उसे 500 पन्ने रँगने पड़ते हैं। वैसे तो उसे एक टाइपिस्ट मिला हुआ है लेकिन उसके पास टाइपराइटर नहीं है। लेखन-सामग्री निर्देशालय द्वारा टाइपराइटर के लिए उसकी माँग का कोई जवाब नहीं दिया गया है। विल्लूपूरम् कलेक्टर को भेजे गए कई पत्रों का भी यही हाल हुआ।

काम करने के समुचित माहौल की कमी, संतोषजनक वेतन, कम किराए पर आवास आदि का न मिलना ऐसी बुनियादी कठिनाइयाँ हैं जिसे निचली अदालतें वर्षों से झेल रही हैं और जिसको लेकर राज्य सरकार कहीं से परेशान नहीं है। राज्य एवं जिला स्तर पर अधिशासी एवं राजस्व दंडायुक्तों को दी जाने वाली सुविधाएँ न्याचिक अधिकारियों को दी जाने वाली सुविधाओं से कहीं बेहतर होती हैं। ये सारी बातें उनके कामों पर बुरा प्रभाव डालती हैं जिसके कारण न्याय का समस्त प्रशासन अस्त-व्यस्त हो सकता है, क्योंकि इन्हीं निचली अदालतों पर न्यायिक व्यवस्था का पूरा ढाँचा खड़ा है। मैंने अपनी रिपोर्ट में इस बात पर भी बल दिया कि एकदम बूढ़े, बीमार और बच्चे अगर किसी जुर्म में गिरफ्तार होते भी हैं तो न्यायपालिका प्राथमिकता देते हुए उनके मुकदमों की सुनवाई करे, ताकि निरपराध साबित होने पर वे तुरंत छूट जाएँ।

पिछले दिनों वजीउद्दीन नामक ऐसे कैदी को देखा जिसकी उम्र 90 वर्ष थी। वह पूरी तरह अंधा था और खुद चल पाने में सर्वथा असमर्थ। उसे एक लड़की को अगवा करने के मामले में गिरफ्तार किया गया था। उसका पुत्र भी इसी जुर्म में पाँच माह से जेल में था और अब उनकी ओर से

जमानत याचिका दायर करनेवाला बाहर कोई नहीं था।

एक अन्य मामले में एक 65 वर्षीय व्यक्ति छोटी मारपीट को लेकर जेल में बंद पड़ा था। उसके परिवार की तमाम महिलाएँ भी उसी के साथ इसी केस में जेल में बंद थीं। उन्हें एक संपत्ति विवाद में उनके ही रिश्तेदारों ने फँसाया था। जेल के बाहर उनके लिए भी जमानत की अर्जी देनेवाला कोई नहीं था। अब यदि ऐसे लोगों को गिरफ्तारी के 24 घंटे के भीतर अदालत के समक्ष प्रस्तुत किया जाता और अदालत उन्हें बिना अर्जी के जमानत दे पाती, तो वे रिहाई की लंबी प्रक्रिया की पीड़ा से बच जाते।

मैंने अपनी रिपोर्ट में और भी कई मुद्दे उठाए जिनपर विचार करना जरूरी था ताकि सही अर्थों में काम करने का समुचित माहौल तैयार हो सके। उदाहरण के तौर पर शौचालय की सुविधा, पानी और बिजली। मेरा सुझाव था कि ये समस्याएँ बहुत कम कीमत पर प्रभावी ढंग से निपटाई जा सकती है, यदि किसी स्वैच्छिक संस्था को इस काम पर लगाया जाए।

जेल के भीतर मैंने किसी बाजार की कल्पना नहीं की थी, लेकिन जब मैं किशनगंज जेल गई, वहाँ मैंने देखा कि सारे कानून को ताक पर रखते हुए एक चाय की दुकान चल रही है। चाय कैदियों द्वारा बनाई जाती थी और दूध, चीनी और चाय पत्ती का इंतजाम कैदियों के मद में दी जानेवाली राशि का जरूरत भर हिस्सा निकाल कर किया जाता था और वही चाय एक रुपये प्रति कप की दर से उन्हीं कैदियों के बीच बेची जाती थी और इस तरह से जेल अधिकारी बिना एक भी पैसा लगाए और कानून को ध्यान में रखे बिना प्रतिदिन 600 से 700 रुपये तक कमा रहे थे। यानी कि हींग लगे न फिटकरी रंग चोखा।

मेरी इस रिपोर्ट पर अदालत ने जेल अधीक्षक को अदालत में हाजिर होने तथा इस विषय पर जवाब देने को कहा। वह प्रस्तुत हुआ और बोला कि बात गलत है, वह प्रतिदिन 600-700 नहीं, बल्कि 150-200 ही बना पाता है। अदालत ने दुकान के गैर-कानूनी ढंग से वहाँ खोले जाने पर कुछ नहीं कहा, और इसका नतीजा यह हुआ कि ऐसी कई संस्थाएँ जिसका गठन समाज-सेवा के लिए हुआ था, बाजार के गणित में जा उलझी। लीगल-एड-कमेटी जिसकी स्थापना गरीब और कमजोर लोगों को कानूनी सहायता देने के लिए की गई थी, दुकानें खोलने लगी। लीगल-एड हाईकोर्ट उच्च न्यायालय के परिसर में ही कैंटीन, फोटोस्टेट की दुकान और एक किताब की दुकान खोल कर भारी किराया वसूलने लगी।

अदालत ने जेलर से आगे पूछा कि क्या इस संबंध में कोई लेखा-जोखा

रखा जाता है। फिर मुझसे कहा कि क्या मैं किसी चार्टर एकाउंटेंट को जानती हूँ, मैंने जवाब दिया- नहीं, पर खोज सकती हूँ। तभी एक कनीय अधिवक्ता खड़ा हुआ और उसने कहा- वह एक को जानता है। उसने अदालत को कई नाम भी बताए। अदालत ने पूछा, क्या वह उसके साथ जेल का दौरा कर सकता है? कनीय अधिवक्ता अदालत के इस आग्रह पर झूम उठा। अदालत ने आदेश दिया कि वह चार्टर एकाउंटेंट के साथ किशनगंज जेल का दौरा करे और रिपोर्ट में मेरे द्वारा उठाए गए मुद्दों की जाँच करे। मैं अपमानित महसूस कर रही थी कि एक कनीय अधिवक्ता को मेरे द्वारा दिए गए तथ्यों की पुष्टि के लिए भेजा जा रहा है। मैं इस बात का स्वागत करती अगर किसी वरीय अधिवक्ता या न्यायिक अधिकारी द्वारा इसकी जाँच करायी जाती, क्योंकि मुद्दे बड़े गंभीर थे। मैं इस आदेश के औचित्य पर आश्चर्यचकित थी, लेकिन मैंने कोई आपत्ति नहीं की क्योंकि मैं अपनी रिपोर्ट को लेकर आश्वस्त थी।

न्याय की मायावी राह

> न्यायपालिका का यह कर्तव्य बनता है कि वह कानून का शासन लागू करे और उसके क्षरण को रोके।
>
> –जे.एस. वर्मा
>
> भारत के पूर्व मुख्य न्यायाधीश

जनवरी 1996 में पटना उच्च न्यायालय की खंडपीठ के समक्ष मैंने अपनी रिपोर्ट प्रस्तुत की और उसके अगले ही महीने उच्च न्यायालय ने एक कानूनी सहायता एवं परामर्श परिषद् गठित की। उच्च न्यायालय के तीन न्यायाधीशों को इस परिषद् का संरक्षक बनाया गया एवं विभिन्न वकीलों को पदाधिकारी के पद पर सुशोभित किया गया। इस परिषद् के गठन के बाद न्यायालय ने जनहित याचिका को एक विस्तृत जनहित याचिका में परिवर्तित करने की इच्छा व्यक्त की ताकि सिर्फ किशनगंज जेल ही नहीं बल्कि राज्य में फैले हुए सभी 76 जेलों की स्थिति का जायजा इन जेलों का दौरा करके लिया जा सके।

बहरहाल, मैं लौटकर फिर उस कनीय अधिवक्ता के पास आपको ले चलती हूँ जिसे किशनगंज जेल का दौरा करने तथा मेरे द्वारा दिए गए तथ्यों

की पुष्टि करने हेतु निर्देश दिया गया था। उसने निर्देशानुसार किशनगंज जेल का दौरा तो किया पर रिपोर्ट न्यायालय में देने के पहले अखबार में बयान देना पता नहीं क्यों बेहतर समझा। टाइम्स ऑफ इण्डिया, पटना संस्करण में 'जेल में डॉक्टर नहीं लेकिन कोई राजन पिल्लै भी नहीं' शीर्षक के साथ 26 अप्रैल, 1996 के दिन उसका बयान प्रकाशित हुआ। इस बयान के द्वारा यह बताने की कोशिश की गई थी कि मुहम्मद ताहिर जैसे किसी व्यक्ति की मौत हुई ही नहीं थी। हालाँकि मुहम्मद ताहिर का मामला राजन पिल्लै से किसी तरह भी कम दर्दनाक नहीं था।

यह तब किया गया था जबकि राज्य सरकार और उसके बाद जिला एवं सेशन जज द्वारा दायर अलग-अलग शपथ-पत्रों में कभी भी ताहिर की मौत का खंडन नहीं किया गया था। बड़े ही दुर्भाग्यपूर्ण ढंग से इन शपथ-पत्रों की प्रतियाँ तथा कनीय अधिवक्ता की रिपोर्ट, जो अदालत की कार्यवाही के हिस्से थे, पाने के लिए मुझे भारी मशक्कत करनी पड़ी, जबकि जनहित-याचिका मेरे ही द्वारा दायर की गई थी और यह सब मुझे स्वत: मिल जाने चाहिए थे।

जैसा कि स्पष्ट है, यह सारे प्रकरण जनहित याचिका से जुड़े थे और इस मामले में मेरी कोई व्यक्तिगत रुचि नहीं थी। मेरी मंशा केवल इतनी थी कि जेलों में बंद कैदियों के संबंध में बने कानूनों और मानकों का ईमानदारी से पालन हो। ऐसा नहीं था कि रिपोर्ट में सिर्फ ताहीर की मौत को नजरअंदाज किया गया था बल्कि सिरे से वह किसी खाए-पीए-अघाए अफसर की उबासी की तरह थी। उसमें मेरे द्वारा उठाए गए किसी बिन्दु को भी छूने की कोशिश नहीं की गई थी।

मुश्किल से दो दिन बीते होंगे कि मुझे उसी टाइम्स ऑफ इण्डिया में एक और खबर पढ़ने को मिली जिसमें कानूनी सहायता एवं परामर्श परिषद् की भूरि-भूरि प्रशंसा की गई थी। खबर का शीर्षक था; 'जब आपके मामले की पैरवी के लिए कोई न हो।' खबर में बड़े मोटे-मोटे अक्षरों में बताया गया था कि कानूनी सहायता एवं परामर्श परिषद् के गठन के दो महीने के भीतर ही बहुत से लोगों को लाभ पहुँचा है जिनमें प्रमुख रूप से गरीब और असहाय आते हैं। इतने ही दिनों में 200 मामलों का निपटारा प्रशासन के सहयोग से किया गया और अब वह एक सशक्त मंच के रूप में लाखों पीड़ितों को कानूनी सहायता देने के लिए कटिबद्ध है। जिन मामलों का निपटारा किया गया उनमें से दो उदाहरणार्थ प्रस्तुत भी किए गए थे जिनमें से एक का संबंध किशनगंज जेल के कैदियों के भोजन से था

और दूसरा, किसी स्थानीय मुहल्ले में अमन-चैन बनाए रखने के लिए असामाजिक तत्त्व से निपटने का था।

कानूनी सहायता एवं परामर्श परिषद् के गठन की खबर तथा उसके द्वारा की गई गरीबों एवं जरूरतमंदों की मदद ने मुझे अंदर से आह्लादित कर दिया। यह मेरी चिर-प्रतीक्षित इच्छा थी कि इस तरह का कोई प्रतिष्ठान गठित हो। मैं यह जानने को इच्छुक हुई कि क्या किशनगंज जेल का मामला भी परिषद् द्वारा दायर किया गया है? मैंने परिषद् के सचिव का फोन खड़खड़ाया। सचिव का जवाब अस्पष्ट था। उन्होंने कहा, खबर गलत है। मामला किशनगंज जेल का नहीं, शायद भागलपुर जेल का है।

जनहित याचिका को सामान्य जनहित याचिका में बदलने के बाद और परिषद् के गठन के बाद निरीक्षण का सारा काम मेरे हाथ से ले लिया गया और परिषद् के सुपुर्द कर दिया गया। मेरी दिली इच्छा थी कि मैं भी जेलों का मुआयना करूँ, पर मुझे मुआयना करनेवाली सारी टीमों से बाहर रखा गया। शायद मुझे जनहित याचिका दायर करने की सजा दी जा रही थी जबकि प्रश्नावली, जिसे लेकर वे सभी विभिन्न जेलों की ओर दौड़ पड़े थे, मेरी ही रिपोर्ट पर आधारित थी।

जेलों के निरीक्षण के लिए 1996 का ग्रीष्मावकाश चुना गया था। इसी अवधि में मैंने, चूँकि अब मुझे कहीं जाना नहीं था, उन अन्य कारणों को जिनके परिणामस्वरूप लोगों को न्याय नहीं मिलता, खोजने की कोशिश की। मैंने अदालत में एक संशोधन याचिका दायर की और निवेदन किया कि सभी जिला न्यायाधीशों को निर्देश दिया जाय कि जेल नियमावली के प्रावधानों के अनुसार वे संबंधित जेलों का दौरा महीने में कम-से-कम एक बार अवश्य करें। इसी दरम्यान, मुझे बड़े ही विश्वस्त सूत्रों से मालूम हुआ कि अभियुक्तों को कानून के प्रावधानों के अनुरूप रिहा नहीं किया जाता। मतलब यह कि विचाराधीन कैदियों द्वारा जेल में व्यतीत समय अदालत द्वारा जारी आदेश के अनुसार कैद अवधि से कम नहीं किया जाता। उदाहरणार्थ, अगर किसी को पाँच वर्ष की सजा होती है और वह जेल में मुकदमे की सुनवाई के दौरान तीन वर्ष गुजार चुका है तो अब उसे सिर्फ दो वर्षों तक ही जेल में रहना होगा।

हालाँकि कानून में यह संशोधन 1973 में किया गया था लेकिन बिहार की जेलों में जहाँ अधिकांश कैदियों को जेल कार्ड नहीं दिए जाते, यह भी पता लगाना मुश्किल होता है कि कैदी जेल में कितना समय गुजार चुका है। नतीजतन, अवधि पूर्ण हो जाने के बावजूद रिहाई नहीं हो पाती।

रूदल साह का मामला इस संदर्भ में एक विशिष्ट उदाहरण है। इससे अधिक कैदियों के मानवाधिकार का उल्लंघन नहीं हो सकता। इस कमी को कारा महानिरीक्षक, जेल ने भी बक्सर जेल के दौरे पर पाया था, जबकि जेल विभाग स्टॉक में जेल-कार्ड न होने का तर्क देकर संतुष्ट था।

स्थिति तो यह थी कि कुछ जेलों में जेल अधीक्षक तक नहीं थे और लगभग 23 जेलों में चिकित्सा अधिकारी के पद खाली पड़े थे। इन पदों को भरे जाने के लिए सरकार बहुत दिनों से प्रयत्नशील थी।

एक महत्त्वपूर्ण तथ्य जो मेरी पड़ताल के दौरान सामने आया, वह यह था कि निचली अदालतें मामलों के निपटारे के समय 'प्रोबेशन ऑफ औफेन्डर ऐक्ट' के नियमों को लागू नहीं करतीं जबकि यह अधिनियम बिहार राज्य में 1959 से ही लागू है। इस अधिनियम में यह स्पष्ट रूप से कहा गया है कि यदि कोई व्यक्ति किसी साधारण जुर्म में पकड़ा जाय और उस व्यक्ति का जुर्म संबंधी कोई पूर्व इतिहास न हो तो उसको किसी विशेष अवधि तक शांति बनाए रखने का इकरारनामा भरकर रिहा किया जा सकता है। इस अधिनियम का उद्देश्य एक सामान्य अपराधी को जेल अवधि के दौरान पेशेवर अपराधी से मिलकर संगीन अपराधी बनने से रोकना है। जेल कानून के क्षेत्र में वर्त्तमान प्रवृत्ति यह रही है कि अपराधियों को व्यक्तिगत रूप से सुधारा जाय न कि उनका प्रतिकार किया जाय।

अधिनियम में अदालतों के विचारार्थ महत्त्वपूर्ण विषयों को चिह्नित किया गया है। वे हैं :

1. जुर्म की प्रवृत्ति,
2. आयु तथा
3. वे परिस्थितियाँ जिनके तहत अपराध किया गया।

इस अधिनियम के तहत, एक प्रोबेशन ऑफिसर की नियुक्ति का प्रावधान है जो अधिनियम के कार्यान्वयन के लिए जवाबदेह है। उसका काम ऐसे मामलों में अदालत की सहायता करना है। उसे अदालत को यह बतलाना है कि अपराधी का पूर्व इतिहास क्या है, उसकी पारिवारिक पृष्ठभूमि क्या है तथा जेल के बाहर रहने की स्थिति में उसके पुनर्वास के अवसर क्या हैं।

इस सूचना से अदालत को समुचित एवं स्पष्ट निर्णय देने में सहायता मिलती है। चूँकि अदालतें मामलों को जल्दी निपटाने के लिए तत्पर रहती हैं इसलिए वे प्रोबेशन (परिवीक्षा) अधिकारी से रिपोर्ट माँगने के लफड़े में नहीं पड़तीं। वास्तव में परिवीक्षा अधिकारियों की सेवा बहुत कम ली जाती

है और व्यावहारिक रूप से उन्हें निष्क्रिय कर दिया गया है। सरकार भी ऐसे महत्त्वपूर्ण पदाधिकारियों की ओर ध्यान नहीं देती है, जो आपराधिक न्यायिक व्यवस्था को बनाए रखने के लिए उपयोगी होते हैं। इस विभाग के सभी कार्यालय किराए के भवनों में चलते हैं लेकिन किराया भरने में सरकार हमेशा कोताही करती है, फलतः मकान मालिक उनसे झगड़ा शुरू कर देता है। परिणामतः परिवीक्षा पदाधिकारी कार्यालय के आस-पास फटकने से भी डरते हैं। हाँ, सरकार इन्हें तनख्वाह जरूर देती रहती है बिना इस बात की चिन्ता किए कि उनकी स्थितियाँ काम करने लायक हैं या नहीं। इसके लिए काफी हद तक अदालतों को भी दोषी ठहराया जा सकता है क्योंकि यह सोचना अदालत का भी काम है कि छोटे जुर्म में पकड़ा गया व्यक्ति जेल जाकर संगीन अपराधी न बन जाय।

वास्तव में इस अधिनियम के प्रावधानों का अनुसरण वैधानिक रूप से आवश्यक है और यदि अदालतें इन प्रावधानों को लागू नहीं करती हैं तो वे खुद कानून का उल्लंघन कर रही होती हैं। यह मामला उतना ही गंभीर है जितना प्रत्येक कैदी को पन्द्रह दिनों के अंदर अदालत में न प्रस्तुत किया जाना। यह सही है कि यदि ये प्रावधान सभी वांछित मामलों में लागू किए जाएँ तो लगभग 25 प्रतिशत कैदी जेल से बाहर होंगे—बिल्कुल आजाद! इतना ही नहीं बल्कि इसके साथ ही जेलों में अनावश्यक रूप से खड़ी भीड़ और उससे उत्पन्न समस्याओं का भी अंत होगा। यह सब देखते हुए ऐसा कहा जा सकता है कि निचली अदालतों और उससे अपर की अदालतों को बड़ी समझदारी एवं सहानुभूतिपूर्वक कानून को लागू करने के लिए कदम उठाना चाहिए। इस कानून के तहत दिए जानेवाले फैसले बहुआयामी होते हैं और समाज के प्रति एक नए दायित्वबोध का बड़ी सहजता से आभास होता है। परिवीक्षा हमारी वैधानिक प्रणाली का प्रमुख हिस्सा बन सकता है, अभियुक्तों को न्याय दिलाने का अभिन्न अंग बन सकता है। रूढ़िवादी एवं अज्ञानता कठिनता से समाप्त होते हैं लेकिन यह आशा की जाती है कि प्रत्येक अदालत को अपराधियों से निबटने में इस नए कानून की जरूरत महसूस होगी।

एक उदाहरण से यह अच्छी तरह से समझा जा सकता है कि यह कानून किस तरह से उपयोगी हो सकता है। एक नवयुवक, जो तथाकथित दोषी था, का पूर्व रिकॉर्ड बेदाग था। उसकी जिन्दगी न तो अव्यवस्थित थी और न बेचैनी-भरी। परिवीक्षा अधिकारी की रिपोर्ट के अनुसार वह एक कृषक था और शांतिपूर्ण व्यवसाय में संलग्न था। उसके माता-पिता जीवित

थे और उसकी पत्नी और बच्चे भी थे जिनकी उसे देखभाल करनी थी। मुकदमे की लंबी अवधि और कैद की छोटी अवधि उसके लिए भयावह थी। यद्यपि यह सत्य था कि उसके पास से आग्नेय अस्त्र बरामद हुआ था तथापि अधिकारी की रिपोर्ट दर्शाती थी कि उसे कोई बुरी आदत न थी। जमीन के झगड़े के कारण वह इस लफड़े में पड़ गया था। बहरहाल विवाद अब समाप्त हो गया था और इन्हीं सब परिस्थितियों को देखते हुए परिवीक्षा अधिकारी ने अनुशंसा की थी कि उसे सुधरने का एक अवसर प्रदान किया जाय ताकि वह कृषि के कठिन एवं श्रमसाध्य माध्यमों से अपने परिवार का पालन-पोषण कर सके। उसे तीन वर्ष के लिए शांति बनाए रखने का निर्देश दिया गया जो उसे जेल में बिताने होते।

[*वेद प्रकाश बनाम हरियाणा–ए.आई.आर. 1981 एस० सी०, 643*]।

यह अधिनियम हर उम्र के अपराधी पर लागू होता है। ऐसे लाभकारी कानून को अदालतों ने नजरअंदाज कर रखा है और दुर्भाग्यपूर्ण स्थिति यह है कि परिवीक्षा अधिकारियों का काम जेलों में भोजन चखने भर तक रह गया है। वैसे यह काम जेल अधीक्षक का है। इसी कारण परिवीक्षा अधिकारी और जेल अधिकारी के बीच कई बार झड़प की स्थिति खड़ी हो जाती है।

वैसे वर्ष 1996 में करीब 25 परिवीक्षा अधिकारी नियुक्त किए गए। लेकिन मैंने जब एक अधिकारी से इस संबंध में बातचीत की तो उसने लगभग रहस्योद्घाटन करते हुए कहा कि वे सब विज्ञान या वाणिज्य से स्नातक हैं और परिवीक्षा अधिकारी जैसे पद के लिए उनमें कोई रुचि नहीं है। समाज शास्त्र या मनोविज्ञान जैसे विषयों की उनकी कोई पृष्ठभूमि नहीं है, जो अभियुक्तों को समझने के लिए जरूरी है। मेरे यह पूछने पर कि नापसन्दगी के बावजूद उन्होंने यह पद ग्रहण कैसे कर लिया, उन्होंने स्पष्ट किया कि उन्हें नौकरी की जरूरत थी, क्योंकि रोजगार चयन का कोई अवसर उनके पास नहीं।

अतिसाधारण व विशुद्ध विवेक

कानून की अंतिम व्याख्या वही है जो अंतिम न्यायाधीश द्वारा दी जाती है।

–एनन

अपने साथी वकीलों और मुवक्किलों के साथ साझे रूप से मेरा भी यह अनुभव है कि सजा से पहले कारावास को लेकर अदालतों द्वारा प्रयुक्त विवेक अत्यंत कष्टदायी होता है। यह सदैव अस्पष्ट, अबूझ होता है और जिसके विषय में पहले से कुछ नहीं कहा जा सकता। यह विभिन्न लोगों के मामलों में अलग-अलग होता है। यह आकस्मिक और आत्मगत होता है जो न्यायाधीश के व्यक्तिगत रुझान एवं मनोदशा पर निर्भर करता है। अपने श्रेष्ठ रूप में यह आकस्मिक एवं तटस्थ होता है जबकि निकृष्ट रूप में यह पूर्वग्रह से ग्रस्त एक महान् भूल है। इसके आगे इन्सानी प्रवृति घुटने टेक देती है।

इस तरह से अदालत अपने विवेक का काफी हद तक दुरुपयोग कर सकता है। एक ही मामले में समान अपराध के लिए चार अभियुक्त किसी भी अवधि तक जेल में रह सकते हैं–एक दूसरे से भिन्न और बिल्कुल अलग। रिहाई के बाद चारों अभियुक्तों के मन में क्रूरता की अलग-अलग

तस्वीर होती है, बाद के दिनों में याद करने के लिए। आदेश कभी एक समान नहीं होते जिससे बहुत से मामलों में अन्याय होता है। इसके अलावा इन दिनों अधिकांश अदालतें यह मान कर चलती हैं कि साक्ष्य के अभाव में इनमें से अधिकांश वैसे भी छूट जाएँगे तो फिर क्यों नहीं इन्हें मुकदमे से पूर्व जेल में रहने दिया जाए? और, इस तरह उनके साथ न्याय का रास्ता अदालतें अपनाकर अपनी अंतरात्मा की आवाज को संतुष्ट करने की चेष्टा करती हैं। न्यायाधीशों का यह खुद भी मानना है कि वर्तमान न्यायिक प्रक्रिया अक्षम एवं अवैज्ञानिक है। यहाँ बहुत ज्यादा सच और झूठ मिला हुआ है, गवाह भी कोई सच बोलने अदालत नहीं आता। इसके परिणामस्वरूप वास्तविक अर्थ में न्याय करना असंभव हो जाता है, यद्यपि फैसला देने के पूर्व ट्रायल की पूरी प्रक्रिया अपनाई जाती है। इस प्रकार अदालतें जमानत की अर्जी खारिज कर अपने को संतुष्ट करने का प्रयास करती हैं।

क्या यह नीतिशास्त्र के उस महत्त्वपूर्ण शास्त्र की अवहेलना नहीं है जो यह कहता है कि किसी भी व्यक्ति को सजा सुनाने से पूर्व दंडित नहीं किया जा सकता है? (यह सच है कि कुछ मामलों में सजा से पूर्व कैद आवश्यक है।) वास्तविकता में, यह काफी हद तक स्पष्ट है कि इस तरह की कैद सजा से पूर्व दंडित करने के समान है। अगर यह मान भी लिया जाय कि व्यवस्था में कमी के कारण कुछ अपराधी छूट जाते हैं तब भी क्या यह उचित है कि सजा सुनाने से पूर्व किसी को दंडित किया जाय? क्या व्यवस्था को दुरुस्त करने की जरूरत नहीं है? होना तो यह चाहिए कि जो वर्तमान व्यवस्था है उसे ही ईमानदारी और गंभीरता से लागू किया जाय।

बढ़ते अपराध की भयानकता ने इस तरह का धुंध खड़ा कर दिया है कि उसमें कानून की सही दिशा घुटकर रह गई है और जेल या बेल, कैद या जमानत का उद्देश्य बिल्कुल भुला दिया गया है।

निचली अदालत से सजा के बाद जब अपील सुनवाई के लिए स्वीकृत कर ली जाती है तब भी न्यायाधीश जमानत देना पसंद नहीं करते हैं जबकि अपील की सुनवाई में 5 से 7 वर्ष लग जाते हैं, क्योंकि कोर्ट के पास अमूमन समय नहीं होता। क्या यह अन्याय नहीं है उस आदमी के साथ जिसके खिलाफ कोई मजबूत साक्ष्य नहीं है और जो शायद छूट जाने वाला है।

जमानत नामंजूर करते हुए अदालत यह टिप्पणी करने से बाज नहीं आती कि अपील का सुनवाई के लिए स्वीकृत कर लेने का अर्थ जमानत मिल जाने का अधिकार नहीं है।

ऊपर कहे गए कारण और विवेक का गलत इस्तेमाल किसी को भी

आश्चर्यजनक रूप से सोचने को मजबूर कर देता है कि क्या जमानत को लेकर कानून में कभी कोई परिवर्तन होगा? ऐसा महसूस किया जाता है कि अगर कानून के क्षेत्र में कम्प्यूटर का इस्तेमाल किया जाता तो आदेश ज्यादा एकरूप होते। एक मामले में उच्चतम न्यायालय ने तिहाड़ जेल के कैदियों के संबंध में कहा है कि सुनवाई से पहले की कैद एक निश्चित अवधि तक के लिए ही होनी चाहिए और अगर वह अवधि समाप्त हो जाती है और सुनवाई समाप्त नहीं होती तो ऐसे अभियुक्त को रिहा कर देना चाहिए।

अदालत में अपनी बहस के दौरान मैंने कहा कि उच्चतम न्यायालय के उपर्युक्त फैसले की रोशनी में ऐसे लोगों को रिहा कर दिया जाय जो सजा की अधिकतम अवधि से भी ज्यादा समय से जेल में सड़ रहे हैं। बाद में उच्चतम न्यायालय ने इस आशय का फैसला[1] पूरे देश के लिए किया। इस फैसले में उच्चतम न्यायालय ने तमाम उच्च न्यायालयों के निबंधकों से अनुरोध किया कि वे अपने-अपने क्षेत्राधिकार में आनेवाली सारी फौजदारी अदालतों को इस फैसले की एक-एक प्रति भेज दें। साथ ही, यह निर्देश दिया कि तीन महीने के भीतर सूचित करें कि प्रतियाँ भेजी गईं या नहीं।

यद्यपि यह फैसला जून 1996 में ही दिया गया था, लेकिन कुछ भी ऐसा नहीं किया गया। और इस तरह से अदालत द्वारा इस फैसले की अनदेखी करना इस विश्वास को और पुख्ता कर गया कि यह सब तो होना ही था क्योंकि पहले भी उच्चतम न्यायालय द्वारा किए गए कितने ही प्रगतिशील एवं मानवीय फैसलों की अनदेखी की जा चुकी थी।

अदालत इस ओर, जैसाकि लगता है, शायद तब तक ध्यान न दे जब तक कि विधायिका द्वारा कानून में मुकदमों के सभी चरणों के लिए अलग-अलग अधिकतम समय-सीमा निर्धारित न कर दे, मसलन-ट्रायल के पहले की सजा की अवधि, ट्रायल समाप्त करने की अवधि, अपील एवं रिविजन के निस्तारण की अवधि।

उच्चतम न्यायालय ने अपने इस फैसले[1] में इंगित किया है कि "यह एक सामान्य अनुभव की बात है कि छोटे अपराधों में पकड़े गए व्यक्तियों के बहुत सारे मुकदमे भी, जिनमें 3 वर्ष से ज्यादा की सजा नहीं हो सकती, कभी जुर्माने के साथ कभी बिना जुर्माने के-वर्षों लंबित पड़े रहते हैं। अगर वे लोग गरीब और असहाय हैं तब तो जेल में वर्षों सड़ते रहते हैं, क्योंकि उनको जमानत पर छुड़ाने के लिए कोई बाहरी नहीं होता। कई बार तो

1. 1996 ए.आई.आर.एस.सी.डब्ल्यू. 2279.

उनके लिए बाहर सोचनेवाला तक भी नहीं होता।

"लंबी अवधि तक मुकदमे का पड़े रहना अपने-आपमें दमनात्मक कार्यवाही है। अक्सर वादी द्वारा व्यक्तिगत रूप से परेशान करने के लिए मुकदमे ठोंक दिए जाते हैं। ऐसे छोटे आपराधिक मामलों में भी, जिसमें सात साल या उससे कम की सजा का प्रावधान है—जुर्माने या बिना जुर्माने के, वहाँ भी फौजदारी अदालतों में मामले वर्षों पड़े रहते हैं। ऐसे अधिकांश मामलों में, चाहे वह पुलिस द्वारा दायर किया गया हो या वादी द्वारा व्यक्तिगत रूप से, अभियुक्त हमेशा गरीब तबके का ही होता है और जो पर्याप्त कानूनी सलाह पाने का खर्च उठा नहीं पाता है। इस अदालत के समक्ष ऐसे भी कई उदाहरण आए हैं जहाँ अभियुक्त को, जो जेल में होता है, मुकदमे की हर तारीख पर अदालत में नहीं लाया जाता है और इस वजह से भी तारीखें पड़ती रहती हैं। यह आवश्यक हो गया है कि ऐसे निर्देश जारी किए जाएँ जो संविधान के अनुच्छेद 21 द्वारा दिए गए 'जीने के अधिकार' की रक्षा करे। यह भी सुनिश्चित करना आवश्यक हो गया है कि ये फौजदारी मुकदमे दमनात्मक कार्यवाही की तरह कार्य न करें।"

हमने पहले भी देखा है कि उच्चतम न्यायालय ने रूदल साह के मामले में काफी चिन्ता दिखाई थी लेकिन इस फैसले के बाद कहीं कुछ नहीं हुआ। यह महज एक सद्इच्छा बनकर रह गई, या फिर आशा या प्रार्थना। वास्तव में, जब कभी उच्चतम न्यायालय द्वारा दिए गए इस तरह के फैसले पढ़ती हूँ, यह देखकर मुझे भारी प्रसन्नता होती है कि किस तरह एकदम स्पष्ट और बिल्कुल सही ढंग से उच्चतम न्यायालय आम लोगों की समस्याओं को समझता है और निदान ढूँढ़ निकालने की कोशिश करता है। अगर सच कहें तो उच्चतम न्यायालय ने वह किया है, जिसे करने में विधायिका असफल रही है। लेकिन तभी दूसरा विचार मन में उठता है तो मैं महसूस करती हूँ कि उच्चतम न्यायालय किसी भी संभव तरीके से इन सुझावों व निर्देशों के पालन हेतु निचली अदालतों को बाध्य नहीं कर पाता।

अगर निचली अदालतों ने अँधेरे युग में रहने का निर्णय ले लिया है, लापरवाही-भरा रास्ता चुन लिया है जो अन्ततः कर्तव्यहीनता और बेईमानी की ओर जाता है, तो फिर ऐसे में कोई भी गरीब एवं असहाय लाखों आदमियों के प्रजातांत्रिक अधिकारों की रक्षा नहीं कर सकता है। जितनी जल्दी उच्चतम न्यायालय अपने आदेश/निर्देश लागू करवाने के लिए रास्ता खोजेगा उतना ही श्रेष्ठ होगा अन्यथा उच्चतम न्यायालय द्वारा निर्धारित कानूनों से केवल देश के एक छोटे वर्ग को ही लाभ पहुँचेगा जबकि

अधिकांश गरीब ऐसे ही रह जाएँगे।

बिहार में ऐसे लोगों की कमी नहीं थी जो जेल में सड़ रहे थे, इस तथ्य के बावजूद कि उन्हें अदालत द्वारा जमानत दे दी गई थी या फिर उनकी रिहाई हो गई थी।

दरभंगा जेल : अदालतों तथा जेल में समन्वय के अभाव में, लोग जमानत अथवा रिहाई आदेश के कई-कई दिनों बाद तक रिहा नहीं हो पाते।

रोसरा जेल : यहाँ तो हद हो गई जब आर० के० सिंह नामक एक व्यक्ति को अदालत से जमानत आदेश प्राप्त होने के बावजूद बाहर निकलने के लिए नौ मास तक प्रतीक्षा करनी पड़ी।

लोहरदगा जेल : 1991 तथा 1993 की अवधि में डकैती के एक मामले में तीन कैदियों को जेल में रखा गया था, यद्यपि इस जुर्म में दस वर्ष की ही सजा हो सकती थी जो वास्तव में अवधि माफी के बाद सात वर्ष हो सकती है [जेलों में अवधि माफी के बाद एक साल नौ मास के बराबर होता है]।

गुमला जेल : इस जेल में पाँच वर्षों से डकैती के एक मामले में चार व्यक्ति बंद थे। डकैती के दूसरे मामले में तीन व्यक्ति चार वर्ष से अधिक अवधि के लिए कारावास में थे। इसके अलावा डकैती के एक मामले में चार अन्य विचाराधीन कैदी थे। 23 व्यक्ति अन्य जुर्मों में और 12 व्यक्ति बलात्कार के मामलों में तीन वर्ष से अधिक समय से जेल में थे।

सिमडेगा उप जेल : यहाँ 1989 से 1994 की अवधि के मध्य 73 व्यक्ति कारावास में थे। उनमें से कुछ व्यक्तियों पर छोटे आरोप थे। कैदी जेल में लम्बी अवधि से पड़े होने के कारण हताशा महसूस कर रहे थे।

चास उप जेल : 1991 से 1994 तक 12 विचाराधीन कैदी थे। एक विचाराधीन कैदी सुधीर भगत ने बताया कि उसका मामला तेनूघाट में लम्बित पड़ा है जबकि वह चास जेल में सड़ रहा है। उसे तेनूघाट स्थानांतरित करने के लिए आवेदन दे दिया गया था।

खूँटी जेल : 1987-94 से 98 व्यक्ति जेलों में थे। मिसतो महतो, हथिया महतो नामक दो व्यक्ति थे। उनका परस्पर ससुर-दामाद का रिश्ता था। वे 31.5.1987 से कारावास में थे। उनके मामले में गवाही हो गई थी लेकिन महज अस्पताल से पोस्ट-मार्टम की रिपोर्ट अदालत को न मिल पाने के कारण उनका मामला लम्बित पड़ा था। इस प्रकार कुछ ही किलोमीटर की दूरी नौ वर्ष में भी तय नहीं की जा सकी थी। जेल में सड़ रहे कैदियों के पास कहने के लिए बहुत सारी बातें थीं।

नवगछिया जेल : कटिहार के निवासी अल्लाउद्दीन को जमानत दे दी गई थी लेकिन वह रिहा नहीं हो सका था क्योंकि वह स्थानीय गारंटी नहीं दे पाया था। उसने कहा कि वह गरीब है और फिर अधिवक्ता-आयुक्तों से सहायता का अनुरोध करने लगा।

किशनगंज जेल : आसाम के निवासी राजू कमांडर, अमरूल, याकूब, कोपा तथा उमेश साहनी को जमानत दे दी गई थी लेकिन वे गारंटी नहीं दे पाए थे। आपराधिक प्रक्रिया संहिता की धारा 107 तथा 109 के तहत [पूर्णतया गैरकानूनी हिरासत] पिछले कई महीनों से आठ व्यक्ति जेल में थे।

गढ़वा जेल : शामलाल यादव नामक एक व्यक्ति ने दो वर्ष पूर्व जमानत ले ली थी लेकिन जमानती न मिल पाने के कारण वह जेल में था।

सूची छोटी है क्योंकि विभिन्न जेलों में बंद 37,000 कैदियों के विषय में कोई सूचना नहीं है।

महिला कैदी

अबला जीवन हाय, तुम्हारी यही कहानी।
आँचल में है दूध और आँखों में पानी।।
—मैथिलीशरण गुप्त

बिहार के अधिकांश कैदियों के जीवन को कुचल डालनेवाली जेल-व्यवस्था को समझने के क्रम में मैंने देखा कि सरकार और जेल-प्रशासन का महिला-स्टॉफ [बहुत सारे मामलों में सहायक तथा वार्डन] के प्रति रवैया बड़ा ही अनुचित एवं भेद-भावपूर्ण होता है। यहाँ तक कि उन्हें वेतन भी नियमित रूप से नहीं दिया जाता। उनकी सेवाएँ स्थायी नहीं की जातीं जबकि उन्हें काम में लगे दस से पन्द्रह वर्ष हो जाते हैं। उनमें से अधिकांश तो दैनिक वेतन-भोगी के रूप में कार्य कर रही थीं। इन सबसे ऊपर पुरुष-कर्मचारी का व्यवहार उनके प्रति हमेशा शालीनता की सीमा तोड़ता होता था। किशनगंज जेल की एक महिला वार्डन को जेलर की कुदृष्टि से बचने के लिए जेल-मुख्यालय, पटना भागना पड़ा।

अधिकांश जेलों में, खास कर जहाँ संगीन अपराधी रखे जाते थे, अपर्याप्त स्टाफ की समस्या ऐसी थी कि जेल-अधिकारियों को लंबी

छुट्टियों पर निकल जाना सुरक्षापूर्ण लगता था। और इस प्रकार, जेलों को भयानक अपराधियों की कृपा पर छोड़ दिया जाता था।

यह कोई नई समस्या नहीं थी। यह ब्रिटिश राज के जमाने से ही चली आ रही थी। अपनी बंदी के दौरान जवाहरलाल नेहरू ने भी ऐसा ही महसूस किया था। उन्होंने आश्चर्य व्यक्त करते हुए कहा था कि "यहाँ किस तरह कैदी नियंत्रित किए जाते हैं और सजायाफ्ता को दंडित किया जाता है। अधिकांशतः उन दोषियों की ही सहायता से नियंत्रित किया जाता था, जिन्हें अधिकारियों की सहायता के लिए दोषी-वार्डन या दोषी ओवरसियर बना दिया जाता था और वे यह काम भय से, या इनाम के लालच में या विशेष छूट पाने के लिए करते थे। वेतनभोगी वार्डन कम ही थे। जेल के अन्दर यह काम अधिकांशतः दोषी-वार्डन या दोषी-ओवरसियर ही करते थे। जासूसी की एक वृहत्तर प्रक्रिया जेल में फैली थी। दोषियों को ही एक दूसरे की जासूसी करने के लिए प्रोत्साहित किया जाता था और निःसंदेह कैदियों को संयुक्त कार्यवाही के लिए इजाजत नहीं दी जाती थी। यह समझना आसान था कि इस तरह उन्हें अलग कर नियंत्रित करना सरल था...जेल में कोई जल्द ही मार्क्सवाद को पसंद करने लगता था क्योंकि उन्हें लगता था कि राज्य वस्तुतः पीड़ा देनेवाला एक तंत्र है जिसका काम उस समूह की इच्छा को लादना है जो सरकार पर नियंत्रण रखते हैं।"

मैंने उन गरीब और असहाय लड़कियों के मुद्दे भी उठाए जो बिहार की विभिन्न जेलों में बंद पड़ी थीं और कुछ रिमांड-गृहों में। पटना में एक रिमांड-गृह है जिसका नाम उत्तर रक्षा-गृह है। उसमें करीब 100 से ज्यादा महिला कैदी पड़ी थीं उसमें अधिकांश गूँगी और बहरी थीं। उनके नाम थे—काली गूँगी, गोरी गूँगी, नाटी गूँगी आदि। अजीबोगरीब ढंग से ये सारे नाम उनके शारीरिक रंग-रूप और अपंगता पर आधारित थे। मैं हैरान थी कि वे कहाँ से आई थीं, क्यों उन्हें एक ही स्थान पर रखा गया था। उनकी संख्या 25 थी। वे किसी-न-किसी अपंगता की शिकार थीं। यहाँ तक कि अधिकारी भी उनके ऊपर लगे आरोपों से अनभिज्ञ थे। गृह के अंदर उनकी देखभाल करनेवाला कोई नहीं था।

इस गृह का संचालन एक महिला के हाथ में था। बाहर दरवाजे पर कोई दरबान नहीं होता था। आप उसके बड़े दरवाजे से होकर आराम से अंदर जा सकते थे। अधीक्षक एवं वार्डन उनकी सुरक्षा को लेकर चिंतित रहती थीं। वहाँ कोई दूसरा कर्मचारी भी नहीं था। दूसरे रिमांड-गृहों में भी (राज्य भर में जिनकी संख्या 4 या 5 थी) इस रक्षा-गृह में रह रहे कैदियों

की भाँति बाहर निकलने पर कहीं जाने को उनके हाथ में कोई पता नहीं होता था। इस दुनिया में कोई नहीं था जो उन्हें वापस ले जाता।

मैंने एक महिला अधीक्षक से बात की जो सेवा-निवृत्त होने वाली थी। उसने बताया कि बिहार सरकार इस गृह में रहनेवाली गरीब महिलाओं की कोई मदद नहीं करती। उसने बताया कि केन्द्र सरकार की एक योजना व्यावसायिक शिक्षा की है। केन्द्र सरकार इसपर सौ प्रतिशत सहायता प्रदान करती है और राज्य सरकार को कुछ भी योगदान नहीं करना पड़ता। राष्ट्रीय शैक्षिक एवं अनुसंधान के लिए 120 योजनाएँ तैयार की हैं। यदि यह योजना प्रारंभ की जाती तो महिलाओं का रिमांड पूर्ण होने पर पुनर्वास किया जा सकता था। वह सरकार की उदासीनता से दुखित थी। उसने बताया, यदि कोई महिला शिक्षित होती है और पद पाने के योग्य होती है तब भी जेल महानिरीक्षक या पदाधिकारी उसके पुनर्वास की ओर ध्यान नहीं देते। प्रशिक्षण सिर्फ तभी आयोजित किया जा सकता है जब जेल महानिरीक्षक तथा शिक्षा निदेशक के मध्य परस्पर समन्वय हो, जो देखने में कभी नहीं आता। इन महिलाओं की व्यथा के पीछे अधिकारियों की उपेक्षा एवं तिरस्कार होता है। वे इस बुरी दुनिया में उसी तरह रहती हैं जैसे कोई मेमना भेड़ियों के बीच।

जनरल, यह तुम्हारी संतान है

अगर यह तुम्हारी शपथ...सच है, तो मैं प्रार्थना करता हूँ कि मुझे ईश्वर के समक्ष रूबरू न होना पड़े.....

–सर थॉमस मूर

(देशद्रोह के मुकदमे में अपना पक्ष रखते हुए)

गर्मियों के अवकाश के बाद जैसे ही उच्च न्यायालय खुला, मैंने संशोधित याचिका दायर की और जेल के दौरे से आए वकीलों की रिपोर्ट की प्रतीक्षा करने लगी। एक-एक कर रिपोर्ट कोर्ट में दायर की जा रही थी पर मुझे उन रिपोर्टों की कोई प्रति नहीं दी जा रही थी। कानूनी सहायता एवं परामर्श परिषद् के सदस्यों द्वारा मुझे रिपोर्ट की प्रति देने पर सवाल उठाए जा रहे थे। उनका विचार था कि मुझे उन रिपोर्टों से कोई मतलब नहीं होना चाहिए था। अदालत ने भी कहा, "आपको इसकी प्रति क्यों दी जाए? आपके किशनगंज का मामला समाप्त हो गया। अब आपको अन्य जेलों की चिन्ता करने की जरूरत नहीं है।"

मेरे विचार से किसी भी मामले में वकील-आयुक्त का काम सीमित होता है। वह याचिकाकर्ता द्वारा उठाए गए मुद्दों पर तथ्यों की जाँच कर

सकता है और अपनी रिपोर्ट अदालत को समर्पित कर सकता है; लेकिन किसी भी सूरत में उसके हाथ में पूरा-का-पूरा मामला नहीं दिया जा सकता और उसे इस बात की भी छूट नहीं दी जा सकती कि वह अपनी इच्छानुसार किसी मुद्दे को उठाए और किसी को छोड़ दे। मुझे बड़े ही व्यवस्थित ढंग से दरकिनार किया जा रहा था और यह मामला कानूनी सहायता एवं परामर्श-परिषद् के सदस्यों एवं सरकारी वकीलों के हाथों में चला जा रहा था। अदालत ने मुझसे कहा कि मैं मुकदमे को छोड़ सकती हूँ बिना आगे कोई बहस किए। कुछ सुनवाइयों के बाद मामले को उठाते हुए मुझे यह कहना पड़ा कि वकील-आयुक्त द्वारा जेल का निरीक्षण जिस प्रश्नावली को लेकर किया गया है, वह मेरे द्वारा उठाए गए मुद्दों पर आधारित है। इस पूरे मामले में सिर्फ एक ही परिवर्तन किया गया है जिसके तहत जनहित याचिका का दायरा किशनगंज जेल से बढ़ाकर बिहार की अन्य जेलों तक कर दिया गया था और ये सारी रिपोर्ट वकील-आयुक्त द्वारा मेरे ही द्वारा दायर मुकदमे में समर्पित की जा रही थी। और, तब अदालत को क्या आपत्ति हो सकती थी उस वकील की उपस्थिति पर, जिसने बड़ी ही गंभीरता और ईमानदारी के साथ अभी तक मुकदमे की पैरवी की थी?

मैं समझ रही थी कि मैं सभी के लिए परेशानी का सबब बन रही थी। अनिच्छा के बावजूद अदालत ने किसी तरह मुझे भी रिपोर्ट की प्रतियाँ देने को कहा। लेकिन चूँकि ये आदेश मुँहजबानी थे, अतः वकील-आयुक्तों ने मुझे प्रतियाँ देने में कोताही की। अन्ततः जब मामला दूसरी पीठ के समक्ष गया और मैंने निरीक्षण रिपोर्टों की प्रतियों की माँग की तब कहीं जाकर मुझे कुछ निरीक्षण रिपोर्टों की प्रतियाँ दी गईं। बाकी के लिए मुझे सरकारी वकील के पीछे भागना पड़ा जिसने कहा कि यहाँ की फोटो स्टेट मशीन खराब है इसलिए मुझे खुद अपने पैसे से फोटो प्रतियाँ करवानी पड़ेंगी। मैं सहमत हो गई क्योंकि इसके अतिरिक्त मेरे पास कोई विकल्प नहीं था, यद्यपि यह नियम के विरुद्ध था। मैं यह जानती थी कि यहाँ कोई सुननेवाला नहीं।

एकदम शुरू से ही कानूनी सहायता एवं परामर्श-परिषद् के सदस्य और भी कई जरूरी मुद्दों को छोड़कर सिर्फ 5 मुद्दे उठा रहे थे। मुद्दे, जिनकी चिन्ता उन्हें सता रही थी, वे थे : भवनों की

मरम्मत, नए शौचालयों का निर्माण, बिजली, जलापूर्ति, साधनों की पूर्ति एवं उन शौचालयों या संसाधनों की मरम्मत जो बेकार पड़े थे और अंत में चिकित्सा पदाधिकारियों का स्थानान्तरण एवं नियुक्ति। इन्हीं सब मुद्दों पर विचार-विमर्श के लिए भवन, सार्वजनिक स्वास्थ्य विभाग, सार्वजनिक जल-विद्युत विभाग, ऊर्जा, स्वास्थ्य विभाग के आयुक्तों तथा महानिरीक्षक, जेल अदालत में तलब किए गए थे।

चूंकि अदालत का ऐसा मानना था कि यह सब कुछ किसी विरोध में की जा रही कार्यवाही की तरह नहीं है, बल्कि इन सबका निदान आपसी सहमति के आधार पर ढूँढ़ा जा सकता है, इसलिए अदालत ने आदेश दिया कि परिषद् के सदस्यगण के साथ तमाम संबंधित विभागों के आयुक्त मिल-बैठकर कोई रास्ता ढूँढ़े और फिर अदालत को तथ्यों से अवगत कराएँ। मुझे एकबार फिर अदालत पर दबाव डालकर उन बैठकों में शामिल होने के लिए अनुमति लेनी पड़ी, क्योंकि मैं उन पाँच मुद्दों पर संतुष्ट नहीं थी। मानवाधिकार ही नहीं बल्कि सीधे-सीधे कैदियों के जीवन-मरण का सवाल भी जुड़ा हुआ था। शायद ही कोई दिन होता था जब हिरासत में कैदियों के मारे जाने की खबर अखबारों में न छपती हो। इस ओर से निश्चिंत नहीं रहा जा सकता था।

बहरहाल, बैठकें हुईं। उन्हें कष्ट तो हुआ मुझे शामिल करने में लेकिन मैं शामिल हुई और मैंने देखा, वे उन पाँच मुद्दों को उठाकर बड़े प्रसन्न थे। मैंने कहा, ''इसके अतिरिक्त भी अन्य मुद्दे हैं और जो गंभीर हैं। लोग जेल में बीमार हैं और उन्हें विशेष भोजन नहीं दिया जा रहा है।''

इस पर जेल महानिरीक्षक हँस पड़ा, 'यह सब कब का बंद हुआ। अब इस मामले में कुछ नहीं किया जा सकता।''

''क्यों,'' मैंने पूछा।

शायद उसने मेरा सवाल नहीं सुना। वह हँसे जा रहा था। मैं थोड़ी देर चुप रही। मुझे यह बैठक व्यर्थ लगने लगी लेकिन मैं यूँ ही नहीं छोड़ सकती थी।

''जेलों का नियमित रूप से निरीक्षण किया जाना चाहिए''। न चाहते हुए भी मैंने दूसरा सवाल उठाया।

"यह कई जेलों में किया जा रहा है।" महानिरीक्षक ने नहीं बल्कि परिषद के एक सदस्य ने फुसफुसाकर जवाब दिया। लेकिन जब मैंने इसका प्रतिवाद किया तो वे चुप हो गए या शायद वे तब तक कुछ और सोचने लगे थे। वास्तव में किसी के भी मन में कोई और मुद्दा उठाने की कोई इच्छा नहीं थी। इतना ही नहीं, सच तो यह था कि वे इसके विरोध में साफ-साफ खड़े दिख रहे थे। मेरे लिए मुश्किल हो गया था किसी भी तरह से उनपर दबाव डालना।

जो हो, मुकदमा अदालत में था, तारीखें थीं, और मुझे हाजिर होना भी था यानी कि मेरे पास समुचित जगह पर कहने के अवसर थे। मैं प्रत्येक तारीख पर रोगी, असहाय एवं वृद्ध अथवा वैसे कैदियों को जिन्हें एक दिन भी जेल में नहीं रहना चाहिए, रिहा करने पर जोर देती। जैसाकि मैंने पहले कहा, समाचार-पत्र जेलों में कैदियों की मौत पर बराबर लिख रहे थे। अत: मैंने उनके वारिसों के लिए मुआवजे की माँग की जिनकी जेलों में संदेहास्पद परिस्थितियों में मृत्यु हुई थी। इसके साथ ही, मैंने उन परिस्थितियों की जाँच की भी माँग की जिनमें इन कैदियों की मृत्यु हुई। तब भी मुझे सुननेवाला कोई नहीं था। कई बार अदालत ने टिप्पणियाँ कीं कि यह कोई विरोध में की जानेवाली कार्यवाही नहीं है जिससे मैं कसमसाकर रह जाती और अदालत के विचार को स्वीकार कर लेती। दरअसल, अदालत द्वारा सब कुछ सर्वसम्मति से किए जाने पर बल दिया जा रहा था, फिर भी मुझे वहाँ रहना था। अत: मैं रही। समय लंबा और उबाऊ लग रहा था। लेकिन जैसे सब कुछ समाप्त होता है, यह बैठक भी समाप्त हुई। बैठक समाप्ति के बाद अनौपचारिक बातचीत के लिए परिषद् के मेम्बर, आई० जी० जेल संस्था के वकील एवं मैं पीछे रखे सोफों पर बैठे। तभी एक मेम्बर ने कहा–"यह आपकी संतान है महाशय...हम तो इसकी केवल देखभाल कर रहे हैं।" मैंने उस ओर ध्यान दिया तब जाकर बात खुली। परिषद् के सदस्य के हाथ में एक कैदी का पत्र था जिसमें उसने गुहार लगायी थी कि उसकी पत्नी के साथ जेल-अधिकारियों ने बलात्कार किया है, उसकी रक्षा की जाय। यही पत्र महानिरीक्षक को सौंपते हुए परिषद् के एक सदस्य ने उपरोक्त बात कही। मेरे माँगने पर भी वह पत्र मुझे नहीं दिया गया। कैदी जिससे रक्षा की गुहार मचा रहे

थे, शिकायत-पत्र उसी के हाथ में सौंप जा रहा था। 'एड एण्ड एडवाइस' नामक पत्रिका में उन्होंने किसी लेख में लिखा था, परिषद् को मुख्यत: परामर्श केन्द्र के रूप में काम करना था तथा 'प्रेशर ग्रुप' के रूप में सक्रिय होना था। मैं यह सोचकर अवाक थी कि इस तरह कैसे वे 'प्रेशर-ग्रुप' के रूप में काम कर सकते हैं। यह तो मामले को रफा-दफा करने जैसा था। धीरे-धीरे हुआ यह कि मेरी रुचि इस मामले में कम होती गई। निरीक्षण-रिपोर्ट पढ़ने के बाद से ही मैं विचलित थी और उस पर से मैं कुछ कर नहीं पा रही थी। फिर भी, जब कभी, यह मामला अदालत में सुनवाई के लिए आता, मैं एक अथवा दूसरे कारणों से वहाँ उपस्थित रहती। अदालत की पहली पंक्ति परिषद् के सदस्यों से भरी होती और पीछे की जगह उनके समर्थकों से। सरकारी वकील अपने कनिष्ठ अधिवक्ताओं के साथ उसके बाद वाली पंक्ति में जहाँ-तहाँ बिखर जाते। फिर आगे से तीसरी पंक्ति में विभिन्न संबंधित विभागों के आयुक्त अपने सुने जाने के इंतजार में बैठे होते-जब अदालत मामले की प्रगति पर पूछताछ करती तथा मरम्मत पर होनेवाले खर्च, बिजली और जल-आपूर्ति के नए गजट की स्थापना पर लगनेवाले खर्च की समीक्षा करता। अदालत में समाचार-पत्रों के संवाददाता भी उपस्थित रहते। कुल मिलाकर स्थिति यहाँ तक पहुँच गई थी कि मुद्दा उठाना तो दूर, मुझे अदालत में समुचित स्थान पर खड़े रहने के लिए धक्का-मुक्की करनी पड़ती। मैंने इस पूरे मामले को भाग्य के सहारे छोड़ दिया था। यद्यपि, मैं काफी दृढ़ता से इस मुकदमे को उच्चतम न्यायालय तक ले जाने के लिए सोच रही थी जबकि मैं जानती थी कि मैं ऐसा तब तक नहीं कर सकती थी, जब तक कि उच्च न्यायालय मामले का निष्पादन नहीं कर देता। मैंने मूक दर्शक की तरह रहना अपनी नियति समझा हालाँकि मेरी आँखों के सामने उन कैदियों के चेहरे थे जिनकी आँखों में, अधिवक्ताओं के जेल-निरीक्षण के बाद, न्याय पाने की आशा चमक उठी थी।

एक बार पुन: मेरी आँखों के समक्ष किशनगंज जेल के मेरे दौरे की स्मृतियाँ घूमने लगीं। जेल के गरीब कैदियों के भूख से मुरझाए चेहरे, बीमार तथा बूढ़े कैदी, ठंड में बिना कंबल के ठिठुरती 16 महिलाएँ और उनके पाँच बच्चे तथा उन्हीं में से कुछ मुझे देखकर

लगातार चीखती औरतें मेरी आँखों के सामने घूमने लगे। इन सबको देखने के बाद, मुझे रजाई और कंबल इस्तेमाल करने की इच्छा दोष-भावना की तरह लगने लगी। लेकिन यह तो कुछ भी नहीं था। जब मैंने अन्य जेलों की रिपोर्ट पढ़ी तो मैंने महसूस किया कि किशनगंज जेल की स्थिति बिहार की अन्य जेलों से बेहतर थी।

हालाँकि, किशनगंज जेल का दौरा करने के बाद मैं यह अच्छी तरह से समझ सकती थी कि इसी तरह की या इससे भी बदतर हालत बिहार की अन्य जेलों की होगी।

कानून की मारक दवाई

जब चिकित्सक सोता है, रोगी मरता है; जब दमनकारी खाता है, अनाथ भूख से तड़पता है; जब विधवा रोती है, न्याय दावत उड़ाता है; लालच खेल रहा है और संक्रमण फैल रहा है।

–शेक्सपीयर

जेलों की निरीक्षण-रिपोर्ट का अध्ययन करने पर मैंने पाया कि चिकित्सा सुविधाओं की आवश्यकता लगभग सभी जेलों में है। रोगी के लिए विशेष भोजन के प्रावधान का समस्त राज्य में कहीं अनुसरण नहीं किया जा रहा था। यहाँ तक कि बुखार से ग्रस्त रोगी को भी वही चावल-दाल तथा सब्जियाँ खानी पड़ रही थीं जो एक स्वस्थ कैदी को दी जाती थी। लगभग 27 जेलों में चिकित्सा पदाधिकारियों के पद खाली पड़े हुए थे। ऐसी जेलों में भी, जहाँ चिकित्सक पदस्थापित थे, कैदियों को कभी भी उपचार प्राप्त नहीं होता था। दवाइयाँ या तो स्टॉक में रहती नहीं थीं या फिर उनपर लिखित निर्धारित प्रयोग की तिथि समाप्त हो चुकी होती थी और वह दवाइयाँ भी किसी संगीन अपराधी के जिम्मे होती थीं जो इन्हें किसी गंदे एवं बदबूदार स्थानों पर रखते थे। दवाइयों की बोतलों पर लेबल नहीं लगे होते थे।

विभिन्न जेलों से प्राप्त रिपोर्टों पर एक दृष्टि डालने से स्थिति स्वयं स्पष्ट हो जाती है :

किशनगंज जेल : जेल में औषधालय के लिए या किसी भी तरह से जेल के भीतर दवाइयाँ पहुँचाने का कोई भी प्रबंध नहीं है। रंजीत दास नामक एक अभियुक्त, जिसे हाल ही में भारतीय दंड संहिता की धारा 366 (अपहरण) के तहत सजा सुनाई गई थी, क्षय-रोग से बुरी तरह ग्रस्त था।

रोगियों के लिए यहाँ न अलग से कोई वार्ड है, न कोई अन्य प्रबन्ध। इन्हें न तो दवा मिलती है और न ही विशेष भोजन। ताहिर की तरह मृत्यु के कगार पर पहुँचे हुए रोगियों के लिए तो जेल से उनकी रिहाई ही एकमात्र समाधान नजर आता है।

धनबाद जेल : यहाँ बहुत से कैदी कई किस्म के चर्म रोगों से ग्रस्त थे जिसमें 'स्कैबीज' प्रमुख थी। क्षय रोग व अन्य संक्रामक रोगों से ग्रसित रोगियों के लिए अलग से प्रबंध नहीं था। क्षय रोग के रोगी सामान्य कक्ष में अन्य रोगियों के साथ रहते थे।

घागीडिह शिविर जेल : यहाँ चिकित्सक का पद नहीं है और प्रयोग की तिथि समाप्त होनेवाली दवाइयों की आपूर्ति की जाती है।

गिरीडीह शिविर जेल : इस जेल में कैदियों को दवाइयाँ तो दी जाती हैं लेकिन इनसे उन्हें कोई लाभ नहीं होता।

हजारीबाग केन्द्रीय जेल : इस जेल के विषय में मेरी टायलर ने अपनी पुस्तक 'मेरी जेल डायरी' में लिखा था कि गर्मियों के दौरान प्रतिदिन एक कैदी की मौत हो जाती थी। कैदियों की संख्या 1700 है। पुराने कैदियों के दिन गिने-चुने हैं। वे अपनी तंदुरुस्ती के लिए भगवान से प्रार्थना भर कर सकते थे। क्षय रोग के अंतिम चरण वाले पन्द्रह रोगियों को न तो दवाई और न ही विशेष भोजन दिया जाता था। कभी-कभी उन्हें सिविल अस्पताल भेज दिया जाता था जहाँ उनकी ओर थोड़ा-सा ही ध्यान दिया जाता। महिला कैदियों की सामान्य सेहत काफी खराब थी। उनके लिए न तो कोई महिला चिकित्सक थी और न परिचारिका।

बोकारो चास जेल : यहाँ चिकित्सक और जेल अधीक्षक रोज नहीं आते। एक रिक्शाचालक गोपाल महतो को पुलिस द्वारा निर्दयता से पीटा गया था जिसके कारण उसका दाहिना हाथ टूट गया था। चोट के तेरह दिन बाद भी वह पीड़ा से कराह रहा था लेकिन उसे उपचार, दवाइयाँ अथवा एक्स-रे की सुविधा प्रदान नहीं की गई थी। उसने स्वयं अपना हाथ गंदी पट्टी से बाँध रखा था।

कलाम उर्फ मुन्ना नामक एक आदमी का पूरा हाथ जल गया था और उसकी अंगुलियों से मवाद निकल रहा था। उसे कोई भी दवाई नहीं दी गई थी। इस प्रकार कलाम को इन्हीं हाथों से खाने को विवश किया जाता था।

लातेहार : यहाँ सेल (सेल खतरनाक अपराधियों के लिए रखा जाता है, जो एक छोटी जगह होती है जहाँ न हवा होती है और न ही रोशनी) कोढ़ एवं क्षय रोग के रोगियों के लिए प्रयुक्त किया जाता है। यहाँ तक कि स्वस्थ कैदियों को एक अथवा दूसरी घातक बीमारियों से ग्रसित रोगियों के साथ रखा जाता था। क्षय रोग एवं कोढ़ से ग्रसित रोगियों को गया जेल स्थानांतरित करना था जिन्हें एक स्थान से दूसरे स्थान पर पैसों की कमी के कारण स्थानांतरित नहीं किया जा सका।

घाटशिला : यहाँ चिकित्सक का कोई पद नहीं है। क्षय रोग तथा कोढ़ से ग्रसित कैदियों का न तो कोई उपचार होता है और न ही उनकी ओर ध्यान दिया जाता है।

तेनुघाट : यद्यपि राज्य सरकार के रिकार्ड के अनुसार डॉ० अजय कुमार सिंह यहाँ नियुक्त थे, पर इस जेल के कैदियों ने चिकित्सक का चेहरा नहीं देखा था। वार्ड नं. 4 में लखीराम महतो, एक अभियुक्त, सोया हुआ था। वह क्षय रोग के अन्तिम चरण में था और किसी भी वक्त मर सकता था। उसे हॉल में अन्य 120 रोगियों के साथ सोने को बाध्य किया जाता था। एक नौजवान लड़का विमल कुमार गोप पीलिया से ग्रसित था। उसे असुरक्षित भोजन खाने को बाध्य किया ज रहा था। लिव–52 गोलियां हर चौबीस घंटे के बाद दी जा रही थीं। चिकित्सक उपलब्ध नहीं था। कम्पाउंडर ने दौरा कर रहे दल को आश्वासन दिया कि क्षय रोग के रोगी में सुधार हो रहा है लेकिन उसकी स्थिति से ऐसा नहीं लग रहा था।

जेल के दो छोटे वार्ड अस्पताल के रूप नें प्रयुक्त किए जा रहे थे। एक वार्ड में 22 क्षय रोगी थे और दूसरे में 28 रोगी थे, जिनमें से 8 क्षय रोग से ग्रसित थे। क्षय रोग के रोगियों के वार्ड नें स्वच्छ हवा अपर्याप्त थी तथा इस वार्ड का वातावरण अस्वस्थकर था। इसके अतिरिक्त यह भारी भीड़ भरा भी था। कुछ क्षय रोगी छोटे अपराधों में पकड़े गए थे। औषधालय में उपकरण कम ही विसंक्रमित किए जाते थे। जोखिनों की जानकारी के वावजूद वही सूई विसंक्रमित किए बिना बहुत सारे रोगियों को लगाई जाती थी।

बक्सर जेल : जेल पुलिस महानिरीक्षक द्वारा स्वयं इस जेल का निरीक्षण किया गया था। यहाँ रामचंद्र सिंह, जगदीश महतो, अयोध्या बेहरिया को कोढ़ से ग्रसित पाया गया।

भागलपुर शिविर जेल : वार्ड के भीतर कई ऐसे रोगी थे जो बीमार थे। 70 से 80 वर्ष के छ: रोगी बहुत ही गम्भीर रूप से बीमार थे।

खूँटी जेल : कोई अलग से चिकित्सा वार्ड नहीं था। साहिया वार्ड को चिकित्सा वार्ड के रूप में इस्तेमाल किया जाता था। इस वार्ड की कुल जनसंख्या 47 थी लेकिन जेल अधिकारी कहते हैं कि सभी बीमार नहीं हैं उनमें से सिर्फ 9 क्षय रोग के पुराने रोगी हैं। जेल में भारी भीड़ होने की वजह से स्वस्थ कैदियों को भी उन्हीं वार्डों में रहने के लिए विवश किया जाता था। कुछ कैदियों को चोटें लगी थीं जबकि अन्य बुखार, ठंड और खाँसी से ग्रसित थें।

उन्हें रक्त-परीक्षण कराने की आवश्यकता थी पर चूँकि वहाँ इन परीक्षणों के लिए कोई सुविधा नहीं थी। उन्हें ठीक होने की कोई उम्मीद नहीं थी। जेल अधीक्षक ने कहा कि उन्हें स्थानांतरित करने की कोई सुविधा नहीं थी और उन्हें जेल के बाहर किसी अस्पताल में भेजा नहीं जा सकता था। जहाँ तक कैदियों के अधिकार का प्रश्न है, सर्वोच्च न्यायालय का कहना है, "अब यह बहस का मुद्दा नहीं रहा। कैदियों-[सजायाफ्ता या विचाराधीन] को उसके सारे मौलिक अधिकारों से वंचित नहीं रखा जा सकता। एक कैदी की स्वतंत्रता उसके जेल में रहने मात्र से ही बाधित हो जाती है। अत: जो थोड़ी-सी दूसरी स्वतंत्रता उसे प्राप्त होती है, उसके लिए और भी कीमती हो जाती है। अपराध के लिए सजा का मतलब उसके इन्सानी रूप से समाप्त हो जाना नहीं है जिसके अधिकार जेल-प्रशासन की मनमानी पर निर्भर करे।"

विभिन्न वकील-आयुक्तों द्वारा 76 जेलों में से 43 जेलों का ही निरीक्षण किया गया था। विभिन्न जेलों में अधिकारियों के साथ बैठक, दस्तावेजों की जाँच या कैदियों से मिलने का अवसर सम्भव नहीं था। उपरोक्त रिपोर्ट कुछ सौ कैदियों के साक्षात्कार पर ही आधारित है। फिर भी एक बात साफ थी कि चिकित्सा-सुविधाएँ सभी जगह नहीं के बराबर उपलब्ध थीं।

बच्चों के कानून के साथ खेलना

शारीरिक शौर्य पाशविक प्रवृत्ति है।
–वेन्डल फिलिप्स

किशोर न्याय अधिनियम के अन्तर्गत–'किशोर' का अर्थ है–16 साल से कम उम्र का लड़का और अगर वह लड़की है तो 18 साल से कम। इस अधिनियम के पूर्व किशोर अधिनियम था, जिसके अंतर्गत बच्चों द्वारा किए गए अपराध की देखभाल की जाती थी। इसी अधिनियम को बाद में किशोर न्याय अधिनियम में तब्दील कर दिया गया ताकि किशोर अपराधियों को वयस्क अपराधी से अलग रखा जा सके तथा किशोर अपराधियों को जेल के वातावरण से दूर रखा जा सके और उन्हें सुधार हेतु बाल-सुधार-गृह में भेजा जा सके। अधिनियम में इस बात का भी प्रावधान है कि उनपर मुकदमे उनके लिए गठित विशेष अदालतों में चलाए जाएँ। लेकिन दुर्भाग्य से पूरे बिहार में इस अधिनियम का घनघोर उल्लंघन होता रहता है और वह भी बेशर्मी के साथ। मिसाल के तौर पर किशोरों की जमानतें नामंजूर कर दी जाती हैं जबकि किशोर न्याय अधिनियम की धारा 18 के अनुसार अदालतें

जमानत देने के लिए बाध्य हैं। इतना ही नहीं कि सिर्फ उनकी जमानतें नामंजूर की जाती हैं बल्कि उन्हें जेल में डाल दिया जाता है और वह भी भयानक अपराधियों के बीच। प्रायः कैद में रहनेवाले ऐसे बच्चों को शारीरिक एवं मानसिक प्रताड़ना सहनी पड़ती है। बड़ों के मुकाबले बच्चों को परेशान करना या तिरस्कृत करना आसान है। वे जेल की उन दीवारों के पीछे होते हैं जहाँ जेल के अधिकारी और संगीन अपराधी अपनी काम-लोलुपता के लिए उनका इस्तेमाल करने से जरा भी नहीं हिचकते। इसके अतिरिक्त उन्हें बाध्य किया जाता है कि वे और भी तरह से सेवा में लगे रहें जैसे-खाना बनाएँ, कपड़े धोएँ, कमरे साफ करें, पानी ढोकर ले आएँ और इसी बीच समय निकाल कर देह-हाथ भी दबाते रहें। बच्चों को अभद्रता, नग्नता एवं अप्राकृतिक मैथुन से लेकर प्रताड़ना के और भी रास्तों से होकर गुजरना पड़ता है। यौन-शोषण ही नहीं आनंद लेने के लिए अधिकारियों एवं संगीन अपराधी हिंसा के भी कई तरीके आजमाते हैं। वे बच्चों के सिर को पानी में या शराब में तब तक डुबोए रहते हैं जब तक कि वे बेहोश न हो जाएँ या फिर उनके चेहरे पर प्लास्टिक बैग बाँध देते हैं ताकि साँस लेने में कठिनाई हो और वे तड़पें। कभी-कभी वे बच्चे के दोनों कानों के ऊपर एक साथ तीव्र गति से मुक्के मारते हैं जिससे वे दर्द से बिलबिला उठते हैं और कभी-कभी तो कान के पर्दे तक फट जाते हैं; और कभी-कभी वे बच्चों के दोनों हाथों को इस तरह से कस कर पीठ पर बाँध देते हैं कि दोनों हाथ बेजान हो उठते हैं।

जेल निरीक्षण रिपोर्ट से इस बात की काफी हद तक पुष्टि होती है–

पटना सिटी जेल : कमरा संख्या 3 को एक ओर घेरकर किशोर कैदियों के रहने की व्यवस्था की गई थी। यहाँ नल, स्नानागार, शौचालय अथवा मूत्रालय की भी सुविधा नहीं थी। वह वार्ड 17' x 7' आकार का था और इसमें 17 विचाराधीन कैदी रखे गए थे। रजिस्टर में दर्शाया गया था कि एक समय किशोर अपराधियों की संख्या 26 हो गई थी। लोहे के दरवाजे को छोड़कर कमरे का कुल क्षेत्रफल 14' x 7' रह जाता था। लोहे के दरवाजे को जब अन्दर की तरफ खोलते थे तो बच्चों के लिए केवल 100 वर्ग फुट स्थान बच पाता था। उन्हें रात को पालियों में सोना पड़ता था। गड्ढे वाला शौचालय खुला था। इसमें कोई दरवाजा अथवा पर्दा नहीं था। इस कमरे में कोई पंखा

भी नहीं था। गड्ढे वाला शौचालय प्रयोग के योग्य नहीं था। वार्ड रसोई के सामने था। वार्ड की तरफ धुएँ और गर्मी की वजह से बच्चे प्रौढ़-वार्डों की ओर जाने को बाध्य हो जाते थे।

फुलवारीशरीफ शिविर जेल : यहाँ 26 बच्चे, वयस्क कैदी वार्ड के समीप रह रहे थे। सभी किशोर कैदी वयस्क कैदियों तथा निम्न स्तर के जेल अधिकारियों के डर से कुछ नहीं कह रहे थे, लेकिन विश्वास में लेने के बाद इन किशोर कैदियों ने दिल दहलाने वाली कहानियाँ सुनाईं। 26 में से अधिकांश ने वयस्क कैदियों और जेल के कनिष्ठ अधिकारियों द्वारा अमानवीय बर्ताव की कहानी सुनाई। उन्होंने बताया कि उन्हें मादक पदार्थ लेने के लिए मजबूर किया जाता है। कुछ कैदी तो उन्हें गाँजा पीने के लिए मजबूर करते हैं।

कुमार सोनी, पंकज कुमार झा, संजय कुमार, मिथिलेश कुमार, दशरथ, राजेश, लिनेश, राकेश, दारलू, प्रशान्त कुमार श्रीवास्तव ने बताया कि ''अखिलेश गोप, बबलू, जितेन्द्र कुमार–सभी वयस्क कैदी चार-पाँच व्यक्तियों के साथ आए और हमें मारा पीटा। उन्होंने हमें गाँजा पीने के लिए मजबूर किया। अगर हम ऐसा नहीं करते तो वो हमारी पिटाई भी कर सकते थे। (उन्होंने हमको बताया, एक शब्द जिसका अर्थ फूलों की माला तैयार करना है लेकिन ऐसा लगता था कि इसका अर्थ कुछ और ही है जो कि बोलने में भी भद्दा था)। वे हमें जेल अधिकारियों के समक्ष गालियाँ देते एवं मारते थे। वे हमें, जेल अधिकारियों को पैसे देने के बाद, अपने शरीर, टाँगें और हाथों को दबाने के लिए ले जाते थे और शिकायत करने पर पुलिस भी हमें मारती थी। पुलिस हमें जेलर के पास जाने की इजाजत नहीं देती थी। (पुलिस का अर्थ यहाँ जेल का अधीनस्थ कर्मचारी वर्ग है जो कि सिपाही भी हो सकता है।) दवाइयाँ हमको नहीं दी जाती हैं। हम इन्हें केवल पैसे देने के बाद ही प्राप्त कर सकते थे। अगर हमारे पास पैसे खत्म हो जाते तो हमें मारा जाता। हमें अदालतों में चार-पाँच महीनों के बाद ले जाया जाता था। वे किसी भी काम के लिए पैसे माँगते थे। वयस्क कैदियों को चादरें दी जाती थीं जबकि हमें फटे हुए कम्बल। हममें से चार या पाँच को एक ही प्लेट में खाना पड़ता था।''

निरीक्षण पर यह पाया गया कि जमीन पर तेरह बिस्तर लगे हुए थे। जाँच पर टीम ने पाया कि सभी किशोर इन बिस्तरों पर सोते थे जिसका अर्थ यह था कि एक बिस्तर दो बच्चे इस्तेमाल करते थे।

किशोरों द्वारा इस्तेमाल किए गए शौचालयों की हालत वयस्क कैदियों द्वारा प्रयुक्त शौचालयों से बदतर थी। इनमें दुर्गन्ध आ रही थी और पानी नहीं था। एक किशोर जिसका नाम शंकर कुमार, सुपुत्र रामपदारथ राम था, ने बताया कि वह पटना में एक ही जुर्म के लिए दूसरी बार मुकदमा भुगत रहा है। पहले उस पर दिल्ली में चोरी के आरोप में मुकदमा चलाया गया था जिसमें उसे एक साल की कड़ी सजा सुनाई गई थी। जेल अवधि पूरी करने के बाद उसे पटना उसी मुकदमे के लिए भेजा गया था क्योंकि दिल्ली से चुराई गई चीजें पटना में बरामद हुई थीं। जेल अधिकारी भी इस बात से सहमत थे कि किशोर की वर्तमान हिरासत पूर्णतया अवैधानिक है। उन्होंने तीन बार न्यायिक दंडायुक्त (प्रथम श्रेणी) को लिखा था लेकिन उसका कोई जवाब नहीं मिला।

मोतीहारी जेल : किशोरों का वार्ड जो 'नेहरू वार्ड' के नाम से जाना जाता था, में 10 कैदियों के लिए स्थान था लेकिन वहाँ 31 किशोर कैदी रह रहे थे। वार्ड के शौचालय बदबूदार थे और बिना पर्दे और दरवाजे के थे। जलापूर्ति भी वार्ड में नहीं थी। वार्ड आदमियों के रहने योग्य नहीं थे।

दानापुर जेल : 11 किशोर 5'×8' की कोठरी में पड़े हुए थे। किशोरों की स्थिति अत्यंत ही दयनीय थी।

चायबासा जेल : 17 विचाराधीन किशोर कैदी छोटे अपराधों में आरोपित थे। वह जेल में आठ मास से अधिक अवधि से थे। उनमें से दो की आयु क्रमशः 9 और 10 वर्ष थी।

बाँका उप जेल : किशोर मौत की सजा पा रहे कैदियों के कक्ष में रह रहे थे।

लातेहार जेल : किशोर कैदी उसी स्थान पर रखे गए थे जहाँ संगीन अपराधी सजा भुगत रहे थे।

किशोरों के साथ किया जा रहा व्यवहार : राष्ट्रीय स्तर के गैर-सरकारी संगठन के परामर्शदाता फ्रैंक क्रिशने ने कुछ मामलों पर अपनी रिपोर्ट दी है। 13 वर्ष के लड़के को भीड़ ने पटना में बिस्कोमान के नजदीक उस समय पकड़ लिया था जबकि एक अधेड़ व्यक्ति ने चाय की दुकान के समक्ष शोर मचाया और बताया कि वह साइकिल चोरी कर रहा था। साइकिल आदमी को सौंप दी गई थी और लड़के को जेल भेज दिया गया था। एक साल बीत गया था लेकिन किसी ने

भी अदालत में लड़के की रिहाई के जमानत के लिए आवेदन नहीं दिया।

विलंब से ध्वस्त होता परिवार : अपराध-न्याय-प्रक्रिया बच्चों के साथ कैसा व्यवहार करती है इसे एक उदाहरण से अच्छी तरह समझा जा सकता है। घटना चाईंबासा की है। दो लड़के थे, एक की उम्र 12 वर्ष और दूसरे की 15 वर्ष। उनपर आरोप था कि वे किसी रिश्तेदार की हत्या में अपने पिता के साथ शामिल थे। उनपर मुकदमे चले, अपने पिता के साथ इकट्ठे किशोर न्याय अधिनियम के प्रावधानों का बुरी तरह से उल्लंघन करते हुए। इतना ही नहीं, उन्हें जेल में भी वयस्क कैदियों के साथ रखा गया। गैर-सरकारी संस्थानों द्वारा मामला उठाने तक बच्चे बुरी तरह प्रताड़ित हो चुके थे।

वादी का वकील उन प्रावधानों से अपरिचित जान पड़ता था जिससे बच्चे लाभान्वित होते। मुकदमा वर्षों तक खिंचता चला गया। लंबे समय के बाद किसी तरह छोटा बेटा छूटा लेकिन तब तक वह अंदर से टूट चुका था और समाज के प्रति कड़वाहट से भर चुका था। और जब तक मुकदमा खत्म हुआ, पिता हिरासत में मर चुका था। किशोर न्याय अधिनियम का उल्लंघन करते हुए बड़े लड़के को आजीवन कारावास की सजा सुनाई गई थी। इस बीच, माँ भी मर चुकी थी और इस तरह न्याय में हुई असाधारण देरी के कारण परिवार नष्ट हो चुका था।

बहु-प्रचारित साहेबगंज मामले ने भी एक समय सभी को चौंका-कर रख दिया था। वहाँ उन्होंने माँ-बाप के साथ 8 वर्ष की बच्ची और 6 वर्ष के बच्चे को जेल में ठूँस दिया था। कुछ समय बाद बच्चों को एक जेल अधिकारी के सुपुर्द कर दिया गया, जो वहीं जेल परिसर के बाहर रहता था। वह भाई के सामने ही कई दिनों तक लड़की के साथ बलात्कार करता रहा। एक दिन बच्चे घर से भागे और पूरी दुनिया को उनकी व्यथा का पता चल गया।

इस घृणित घटना के प्रत्यक्षदर्शी भाई की कुछ दिनों बाद अस्पताल में मृत्यु हो गई। उपचार कर रहा चिकित्सक शक के घेरे में था। कुछ समय बाद बच्चों की माँ की भी रहस्यमय परिस्थितियों में मृत्यु हो गई। बहन को एक रिमांड होम में रखा गया जो साहेबगंज से काफी दूर था। पिता ने जमानत की अर्जी दायर की ताकि वह लड़की की देखभाल कर सके; परन्तु उसकी प्रार्थना अस्वीकार कर दी गई।

उसका पिता बाहर पागलों की तरह अपने बाल नोचता रह गया।

वह जानता था कि रिमांड-होम में कुछ भी हो सकता है। तमाम रिमांड-गृह बच्चों को सताने के लिए बदनाम हो चुके थे। तुरंत-तुरंत एक सनसनीखेज मामला प्रकाश में आया, एक 13 वर्षीय बालक रोहित को उसके पैर बाँधकर पोल पर उलटा लटका दिया गया था और बुरी तरह पिटाई की गई थी। गृह-संरक्षक की अपराधियों से मिली-भगत थी। रोहित घावों का ताप न सह पाया और उसी रात उस किशोर ने न्यायिक प्रणाली पर प्रश्न चिन्ह लगाते हुए अपने प्राण त्याग दिए।

पिंजरे के शिकंजे में

शैतान का नाम लो और वह हाजिर है।

—मैथ्यू प्रायर

कैदी जीवन का एक पहलू जेलों में भारी भीड़ का होना है जिस ओर सरकार एवं न्याय पालिका द्वारा शीघ्र ध्यान देने की आवश्यकता है। प्रश्न जो उठता है, वह सीधा और सरल है—यदि सरकार के पास कैदियों को रखने की जगह नहीं है तो फिर न्यायपालिका (कैद जमानत नहीं) के सिद्धांत पर विश्वास क्यों करती है? क्या व्यवस्था, जिसके पास जबकि हिरासत में पड़े लोगों को जीने की आधारभूत सुविधाएँ मुहैया करने की कूबत नहीं है, किसी विचाराधीन अथवा सजायाफ्ता कैदी को मर जाने के लिए जेल में रखे रहने का अधिकार रखती है?

खूँटी उप जेल : इस जेल में केवल 65 कैदियों के लिए स्थान है लेकिन निरीक्षण के दिन यहाँ 439 कैदी थे। जेल में, एक निश्चित संख्या तक ही कैदियों को सुविधाएँ उपलब्ध कराई जा सकती हैं और अगर संख्या कहीं ज्यादा है तो जगह की कमी के साथ अन्य सुविधाओं

की कमी उसी अनुपात में होने लगती है। इस जेल में 6 वार्ड थे। शबरी (महिला वार्ड) में 8 महिलाएँ, हुन्डु में 17 कैदी; स्वर्णरेखा में 63 कैदी, सहिया (चिकित्सा वार्ड) में 47 कैदी, सीबा में 80 कैदी तथा बिरसा में 166 कैदी। इन वार्डों में कैदी पिंजरे में बंद भेड़-बकरियों की तरह एक दूसरे से सटे-गुँथे पड़े थे। वार्ड के अंदर स्थान इतना कम था कि कैदी सुविधापूर्वक बैठ भी नहीं सकते थे, सोने का तो सवाल ही नहीं उठता। कैदियों को सारी रात बैठकर गुजारनी पड़ती थी। ऐसा ही कुछ बोका ठाकुर ने भी बताया था जब वह विचाराधीन कैदी के रूप में 37 वर्ष तक लेटा नहीं। उसने यह भी बताया था कि जेल के भीतर सोने की सुविधा के लिए पैसे देने पड़ते थे।

केवल शालेन वार्ड की स्थिति, जो महिलाओं के लिए था, अच्छी थी। वहाँ अन्य वार्डों की तुलना में कैदियों के लिए अधिक जगह थी। पुरुष-वार्ड भारी भीड़ के कारण तीखी गंध से भरे थे। उनके बिस्तरों से दुर्गन्ध आ रही थी। कैदियों के बदन से भी बदबू उठ रही थी। स्थिति यह थी कि कइयों ने वर्षों से साबुन देखा तक नहीं था। पानी की भी कमी थी। नहाना उनके लिए विलासिता के समान था। यह काम वे महीने में बस एक-दो बार कर सकते थे। बिहार की किसी भी जेल में कैदियों को साबुन, कपड़े आदि नहीं दिए जाते हैं यद्यपि रजिस्टर में इन चीजों की खरीद दिखाई जाती है।

लातेहार उप-जेल : 60 पुरुष कैदियों और 5 महिला कैदियों तथा फाँसी की सजा प्राप्त कैदी को अलग रखने के लिए एक कैदी वाले इस जेल में 239 पुरुष तथा 6 महिला कैदी रखी गई थीं। 50'×70' वाले पहले वार्ड में 125 कैदी थे। 30'×18' वाले दूसरे वार्ड में 119 और चूँकि वहाँ कोई फाँसी की सजा प्राप्त कैदी नहीं था, इसलिए उसके लिए बनाई गई कोठरी में कोढ़ तथा क्षयरोग से ग्रस्त कैदियों को रखा जाता था। यहाँ तक कि स्वस्थ कैदी भी अन्य वार्डों में भीड़ के कारण उस कोठरी में भेजे जा सकते थे।

मोतीहारी जेल : इस जेल में सबसे बड़ी समस्या भीड़ का होना है। 367 कैदियों की क्षमता वाले इस जेल में 829 कैदी ठुँसे पड़े थे। जेल नियमावली के अनुसार पुराने भवन में एक कैदी को 36 वर्गफीट स्थान दिया जाना चाहिए और नवनिर्मित भवन में 45 फीट, लेकिन वर्तमान में कैदी के लिए 6 से 7 वर्ग फीट स्थान बमुश्किल मुहैया हो पा रहा था।

गिरिडीह जेल : यह जेल स्वतंत्रता से पूर्व निर्मित की गई थी। प्रारम्भ में वहाँ पाँच वार्ड थे और जेल में अनुमानित क्षमता 200 कैदियों तक की थी, लेकिन अब उनमें से तीन वार्ड पूरी तरह टूट-फूट चुके थे और मात्र 80 कैदियों को रख पाने वाले दो वार्डों में 271 कैदी थे जो किसी गैस चैम्बर का दृश्य उपस्थित कर रहे थे।

गढ़वा उप जेल : गढ़वा उप जेल की कुल क्षमता 57 पुरुषों तथा तीन महिलाओं की थी लेकिन 218 पुरुष व 9 महिलाएँ वहाँ डाल दिए गए थे। पुरुषों के लिए दो हॉल थे जहाँ 100 से अधिक कैदी नाममात्र की भी सुविधा के बिना एक दूसरे से जकड़े पड़े थे।

बोकारो चास जेल : 180 कैदियों की क्षमता वाली इस जेल में 299 पुरुष, 22 महिलाएँ तथा 2 छोटे बच्चे रखे गए थे। कैदियों की स्थिति बड़ी दयनीय थी। भारी भीड़ के कारण एक कैदी के लिए भी अपर्याप्त बिस्तरे पर तीन-तीन कैदियों को सोना पड़ता था और उसपर से टूटे दरवाजे वाले शौचालय की भीषण दुर्गंध।

हजारीबाग केन्द्रीय जेल : 1130 कैदियों की कुल क्षमता से 600 अधिक कैदी पड़े सड़ रहे थे।

गुमला और सिमडेगा जेल : ये जेलें आज से एक शताब्दी पूर्व मुट्ठी भर कैदियों लिए बनाई गई थी। गुमला जेल 90 कैदियों के लिए थी जहाँ 496 कैदी भरे पड़े थे तथा 45 कैदियों के लिए बने सिमडेगा जेल में 246 कैदी। वस्तुतः ये जेलें क्षेत्र के अपराध दर के अनुसार बनाई गई थी, लेकिन अब स्थिति यह थी कि इन जेलों में उठने-बैठने के स्थान, स्नानागार, मूत्रालय, पीने का पानी, रसोई आदि के लिए स्थान की भारी कमी हो रही थी। भारी भीड़ अलग घुटन पैदा कर रही थी।

गोपालगंज जेल : 52 पुरुष तथा 3 महिला कैदियों की क्षमता वाली इस जेल में पुरुष 312, महिलाएँ 10 तथा 3 बच्चे किसी तरह रह रहे थे। यह संख्या स्वीकृत क्षमता से छह गुना अधिक थी। सोने का स्थान इतना कम था कि कैदी पालियों में सोते थे। सोने के लिए तीन-चार घंटे से अधिक किसी कैदी को मिलना असंभव था। केवल वही सारी रात सो पाते थे जिन्हें जेलकर्मी नियमों का उल्लंघन कर बाहर सोने की आज्ञा प्रदान करते थे। अधिकारियों का कहना था कि वे केवल उन्हीं को बाहर सोने की आज्ञा देते थे जो वृद्ध एवं कमजोर होते थे और जो जेल से भागने का खतरा पैदा नहीं कर सकते थे।

अधिकारियों ने बताया कि उन्होंने जेल मुख्यालय, पटना को अधिक बैरक निर्मित करने के लिए लिखा था।

बेतिया जेल : इस जेल में मात्र 128 कैदियों के रहने की जगह है। पर यहाँ 399 कैदी रहते हैं। केज लैट्रिन से आती बदबू इतनी तीखी है कि यह जगह इन्सानों के रहने लायक नहीं। जो वार्ड मात्र 20 कैदियों के रहने योग्य है, वहाँ 80 से 100 कैदी ठूँस दिए गए हैं। रात में सो पाना यहाँ काफी मुश्किल है। दिन में भी यहाँ दम घुटता है।

दानापुर उपकारा : यह जेल मात्र 35 पुरुष एवं 2 महिला कैदियों के लायक है, पर यहाँ 158 कैदी रहते हैं। जो जगह 14 कैदियों के लिए उपयुक्त है वहाँ 66 कैदी ठूँस दिए गए हैं। टपकती हुई छत इसे एक नरक में ही तबदील कर देती है।

धनबाद जेल : इस जेल में 320 कैदियों के रहने की जगह है पर यहाँ 934 कैदी रहने को मजबूर हैं। सोने की जगह नहीं के बराबर है।

बाढ़ जेल : यह जेल मनुष्यों के रहने लायक नहीं है। 65 व्यक्तियों के लिए रहने के स्थान पर यहाँ 310 कैदी बड़ी बुरी हालत में रहते हैं। बिहार की जेलों में, कम जगह में बहुत ही ज्यादा लोगों को ठूँस देने से उनकी समस्याएँ कई गुनी बढ़ जाती हैं। अगले पृष्ठों में दी गई टेबल, बिहार की सूची की 76 जेलों में, जरूरत से ज्यादा संख्या में ठूँसे कैदियों की संख्या दर्शाती है।

अपराध और दंड

यदि मैं चोर होता तो आपकी निर्दयता चुरा लेता और पैसे कमा लेता।
—एक कैदी

इसके बावजूद कि कई वकील समूह (प्रत्येक समूह में 4–5 वकील हुआ करते थे) कई दिनों तक बिहार की विभिन्न जेलों का दौरा करते रहे और कैदियों से व्यक्तिगत रूप से मिलते रहे और जानकारियाँ हासिल करते रहे, फिर भी निश्चित रूप से सिर्फ कुछ सौ कैदियों को ही छुआ जा सका जबकि पूरे बिहार में कैदियों की संख्या 38,000 है जो वैसे भी जेलों की निर्धारित क्षमता से कहीं अधिक है और उनकी थाह पाना लगभग असंभव है, क्योंकि जेल अधिकारी भी यह नहीं चाहते कि मामला इस तरह से खुल जाए और जेल-व्यवस्था पर प्रश्नचिन्ह लग जाए।

बहरहाल, जिन कैदियों को देखा गया, उनमें से अधिकांश छोटे अपराध में पकड़े गए थे और मुश्किल से तीन-चर महीने के अंदर उनके मुकदमे समाप्त हो जाने चाहिए थे, लेकिन दुर्भाग्यपूर्ण ढंग से उनमें से कई तो वर्षों से विचाराधीन कैदी के रूप में पड़े थे जबकि दोषी पाए जाने की स्थिति में भी उन्हें कुछ महीनों की ही सजा होती। सच कहा जाय तो छोटे

अपराधकर्मियों को सलाखों के पीछे रखा ही नहीं जाना चाहिए। पहली ही पेशी में उन्हें जमानत दे देनी चाहिए। अगर बाद में वे दोषी पाए भी जाते हैं तो उन्हें 'Probation of Offender's Act' के तहत रिहा कर देना चाहिए, लेकिन ऐसा होता नहीं है।

सामान्यत: बहुत गरीब और साधनहीन व्यक्ति ही छोटे अपराधों में पकड़े जाते हैं लेकिन कानून बिना किसी विषमताओं को ध्यान में रखे और उन वजहों को बिना समझे, जिसके तहत वे कई बार ऐसी छोटी हरकतें करने को बाध्य हो जाते हैं तथा उन मालिकों अथवा शक्तिशाली लोगों को सामने रखे बिना, जो अपने निहित स्वार्थ के तहत उन्हें इन मामलों में फँसाते हैं, न्याय के नाम पर बेरहमी से अपना डंडा चलाते रहते हैं। यह सब अलग-अलग क्षेत्रों में अलग-अलग ढंग से होता रहता है। अब किशनगंज का ही उदाहरण लीजिए। सभी जानते हैं कि वहाँ शक्तिशाली लोग जिन्हें 'दैवीनियाज' कहा जाता है, किसी भी गरीब की जमीन को हड़पने के लिए पहले उसे किसी तरह के छोटे-मोटे मामले में फँसाते हैं और फिर उसे जेल से रिहा करवाने का लालच देकर जमीन के कागज पर अँगूठा लगवा लेते हैं। इन 'दैवीनियाजों' की पुलिस के साथ मिलीभगत होती है। अदालत के कर्मचारियों से भी ये मिले होते हैं ताकि मामले को अपनी इच्छानुसार चला सकें और इन सब बातों से अनजान अभियुक्त, जो वास्तव में पीड़ित होता है। वह अपने भाग्य को कोसने के अलावा कुछ नहीं कर सकता। मैंने कई मामलों में जमीन की खरीद-फरोख्त जेल में ही होते हुए देखी।

इतने से ही जान नहीं छूटती, तभी दलाल आ टपकता है जो संयोग से मुंशी भी होता है और भरी अदालत में रुपये ऐंठकर चलता बनता है। पीछे उन बेचारों के पास भारी अफसोस और झूठी दिलासा के सिवाय कुछ नहीं होता। तथ्यों का संक्षिप्त उल्लेख ही काफी है, यह बता देने के लिए कि ऐसे छोटे अपराधकर्मी कैसे अनावश्यक और अवैधानिक ढंग से प्रताड़ित किए जा रहे हैं। ये तथ्य जून 96 में एकत्र किए गए थे।

मंडल कारागार, जमशेदपुर : एक मामूली मार-पीट के मामले में राकेश पूर्ति 14 दिसम्बर 95 से पड़ा था जबकि उस पर यह दोष साबित भी हो जाता तो ज्यादा से ज्यादा एक या दो महीने की सजा होनी थी। मामला भारतीय दंड संहिता की धारा 324 के तहत था जो जमानती जुर्म है और जिसमें अभियुक्त को पुलिस स्टेशन में ही जमानत दी जा सकती है।

घागीडीह शिविर जेल : इस जेल में 56 लोग छोटे अपराधों में बंद

पड़े थे। उनमें से अधिकांश मामले छोटी-मोटी चोरी के थे। लगभग सभी या तो अनुसूचित जाति के थे या अनुसूचित जनजाति। वे सभी छः महीने से ऊपर या साल भर से वहाँ बंद पड़े थे। इन सभी मामलों में, संक्षिप्त ट्रायल के तहत मुकदमा चलाया जा सकता था और इस तरह वे एक लंबी कैद से बच सकते थे, क्योंकि निर्णय अगर उनके खिलाफ होता तब भी सजा इतनी लंबी नहीं हो सकती थी। उनमें से अधिकांश के मामले में यही देखा जा रहा था कि यह गरीब और असहाय कैदियों के शोषण के शालीनतम तरीके के अलावा और कुछ भी नहीं था।

घाटशिला उप-जेल : यहाँ इनकी संख्या 26 थी। स्थिति घागीडीह जेल की तरह थी। उनमें से किसी को भी जेल में नहीं रखा जाता यदि जमानत के लिए उन्हें यथोचित सुविधा प्रदान की जाती।

चाईंबासा जेल : यहाँ मटका पूर्ति नामक एक व्यक्ति 30 मई, 1994 से एक जमानत योग्य जुर्म में जेल में था। उसने मुकदमे की अवधि के दौरान न केवल अपनी सजा पूर्ण कर ली थी बल्कि उससे कहीं अधिक समय वह व्यतीत कर चुका था जबकि ट्रायल के बाद दोषी न पाए जाने पर छूट भी सकता था। कोई भी यह कल्पना नहीं कर सकता कि जेल-अवधि के दौरान उसपर और उसके परिवार पर क्या बीती। जहाँ तक आत्मसम्मान एवं प्रतिष्ठा का प्रश्न है, पूर्ति जैसे लोगों के लिए व्यवस्था की नजर में इसका सवाल ही नहीं उठता था, अतः इसे खो देने का प्रश्न ही पैदा नहीं होता। व्यवस्था का मानना था कि जब ईश्वर ने ही उन्हें असमान बनाया है तो कानून के समक्ष वे समान कैसे हो सकते हैं? लेकिन मजबूरी भी एक चीज होती है जो किसी एक व्यक्ति ही नहीं बल्कि ताकत के नशे में डूबे सत्ता को भी बाध्य करती रहती है। यह मजबूरी नहीं तो और क्या है कि संविधान की प्रस्तावना में सामाजिक न्याय जैसा शब्द जोड़ना पड़ता है जबकि दूर-दूर-तक सत्ता का इससे कोई सरोकार नहीं दिखता।

जाति-आधारित समाज एवं अर्थव्यवस्था से प्रोत्साहित ऐसी दुरूहता कानून के क्षेत्र में व्यक्ति का उत्पीड़न और भी खुलकर करती है। यह कितनी विडंबनापूर्ण स्थिति है कि जहाँ एक ओर करोड़ों रुपये का घोटालेबाज नेता छोटी-से-छोटी बात के लिए निचली अदालत से उच्चतम न्यायालय तक धाग मारता है और वह भी कई बार राज्यकोष में जमा जनता के पैसे पर वहीं दूसरी ओर 50 रुपये की चोरी के आरोप में पकड़ा गया गरीब और असहाय आदमी अदालत में अपने मुकदमे के खुलने के इन्तजार में वर्षों जेल में सड़ता रहता है।

यहाँ 105 कैदी से कम नहीं होंगे जिन्हें अपने मुकदमे के खुलने का इंतजार था। उनमें से 18 जमानती अपराध के दोषी थे। वे जमानत के लिए आवेदन नहीं कर पाए थे क्योंकि उनके पास वकील के लिए पैसे नहीं थे। इन कैदियों में से कुछ क्षय रोग से पीड़ित कैदियों के साथ रहते-रहते खुद क्षय रोगी हो गए थे। वहाँ 17 बच्चे भी थे जिन्हें किसी छोटे अपराध करने के जुर्म में यूँही पकड़ लिया गया था। उनमें से सिर्फ एक पर हत्या का आरोप था।

हजारीबाग केन्द्रीय जेल : यहाँ कैदियों की संख्या 1996 थी। लेकिन कैदियों का पूर्ण विवरण उपलब्ध नहीं था। वहाँ आपाधापी मची हुई थी। लोगों ने शिकायत की कि उनके मामले को देखनेवाला कोई नहीं। आज तक उन्होंने न तो किसी मजिस्ट्रेट को देखा है और न किसी जज को। उन्होंने आगे शिकायत की कि वे यहाँ बिल्कुल अँधेरे में हैं। उनके मामले में क्या हो रहा है, क्या नहीं, उन्हें कुछ नहीं मालूम।

टीक्कू ओराँव, जिसके पास से दो टन चोरी का कोयला पाया गया था, पिछले एक वर्ष से जेल में था। अशोक तूरी एक छोटी चोरी के मामले में दो साल चार महीने से जेल में था। नन्हे मिस्तरी का मामला तो और भी गंभीर था। उसे आज तक अदालत में पेश नहीं किया गया था। सबसे आश्चर्यजनक बात तो यह थी कि उसे यह भी नहीं मालूम था कि वह कब से और किस मामले में जेल भुगत रहा है।

ये लोग और इसी तरह के दूसरे लोग उस भीड़ का एक छोटा हिस्सा भर थे, जो यह भी नहीं जानते थे कि रिहा होने के लिए करना क्या है। जहाँ तक सजायाफ्ता कैदियों का सवाल है, उनमें से 17 की ओर से जेल अधिकारियों ने बड़े ही मनमाने ढंग से व्यवहार करते हुए उच्च न्यायालय में जेल-अपील तक दायर नहीं की थी। (जेल-अपील वैसे मामलों में दायर किया जाता है जब सजायाफ्ता कैदी अपने खर्च पर वकील नहीं रख सकता। वैसी स्थिति में जेल अधिकारी को सिर्फ इतना करना पड़ता है कि वे ट्रायल कोर्ट द्वारा दिए गए फैसले की नकल उच्च न्यायालय के रजिस्ट्रार को भेज दें। वहाँ अदालत में नए वकील, जो इन मामलों की नि:शुल्क पैरवी करना चाहते हैं, अदालत से इन मामलों की फाइल देने का अनुरोध करते हैं ताकि सुनवाई के दौरान वे सही ढंग से मुकदमे में अपना पक्ष रख सकें। ऐसे मामलों में प्राय: जमानत रद्द कर दी जाती है क्योंकि याचिका दाखिल करने के समय कोई भी वकील उनकी ओर से बहस करने को उपस्थित नहीं होता।) कई बार, अभियुक्त सुनवाई से पूर्व ही संपूर्ण सजा भुगत लेता है।

यह सब जेल अधिकारियों की लापरवाही से होता है, लेकिन यहाँ कोई भी कानून के इस घनघोर उल्लंघन की परवाह नहीं करता।

दूसरों की तरह, नन्हे मिस्तरी भी नहीं जानता था कि उसके मुकदमे का क्या हुआ जबकि उसने 1989 में ही अपील दायर की थी। वह हत्या के प्रयास के एक मामले में दोषी था जिसमें अधिकतम 7 वर्ष की सजा हो सकती थी। और इस तरह, 1996 तक में उसने 7 वर्ष पूरे कर लिए थे। इसी प्रकार, साहस बरीक भी नहीं जानता था कि उसके मामले में क्या हुआ जबकि उसकी ओर से 1992 में ही जेल-अपील दायर कर दी गई थी। और इस तरह, कहा जा सकता है कि वे कैदी जिनकी ओर से जेल अपील दायर की गई है, उतने ही अँधेरे में होते हैं जितने कि दूसरे, जिनकी ओर से अपील दायर नहीं की जाती। परिणामत: सभी कुछ निराशा में डूबा और कभी न खत्म होनेवाली लंबी अवधि की कैद होती है।

इसी तरह के 39 अन्य कैदी भी थे जो 1993 से जेल में थे और जिनके मामले की सुनवाई शुरू भी नहीं हुई थी पर वे उतना समय जेल में गुजार चुके थे जितना उन्हें दोषी पाए जाने पर गुजारना होता। वे जमानत के लिए आवेदन नहीं कर सके थे, उन्हें कोई कानूनी सहायता नहीं दी गई थी और इस तरह संवैधानिक प्रावधानों का उल्लंघन करते हुए उन्हें सड़ने के लिए जेल में छोड़ दिया गया था।

देवघर जेल : कर्नाटक का एक कैदी स्थानीय मुचलका पेश नहीं कर पाने के कारण रिहा नहीं किया जा सका था यद्यपि उसे बहुत पहले जमानत दी जा चुकी थी।

भागलपुर केन्द्रीय जेल : यहाँ इनकी संख्या 18 थी। ये सजा सुनाए जाने से पहले ही किए गए अपराध में दी जाने वाली अधिकतम सजा जेल में गुजार चुके थे। वे जेल में लम्बे अवधि तक विचाराधीन कैदी की तरह रहे, पर उनके मामले मुकदमे के पूर्व के चरण में ही रहे।

जेल-अधीक्षक ने एक सूची प्रदान की जिसके अनुसार 50 से अधिक कैदी ऐसे थे, जो विचाराधीन कैदियों के रूप में वांछित अवधि से अधिक समय से जेल में थे। वे सब गरीब थे। जमानत के लिए आवेदन नहीं कर सकते थे। उनके पास पैसे नहीं थे और वकील पैसे माँगते थे।

23 को यह पता नहीं था कि उनकी जेल-अपील का क्या हुआ। कानूनी सहायता प्राप्त करनेवालों में एक दीखा पहाड़ी की पत्नी सगन पहाड़न भी थी जिसे डकैती के षड्यंत्र रचने के आरोप में 1 फरवरी, 1988 से जेल में रखा गया था। इस अपराध में अधिकतम सजा 7 वर्ष हो सकती

थी, जो उसने मुकदमे के खत्म होने के पहले ही पूर्ण कर ली थी।

सोनी राम मंडल को हत्या के आरोप में 23 मई, 1988 से जेल में रखा गया था जबकि अधिकांशत: हत्या के मुख्य अभियुक्त को भी सजा सुनाने से पहले इतने दिनों तक जेल में नहीं रखा जाता। किस्मत के मारे ऐसे लोगों से जेल भरी पड़ी थी। ये सब तो महज कुछ उदाहरण हैं लेकिन काफी है यह बताने को कि स्थिति कितनी भयानक हो चुकी है। एक अन्य उदाहरण लीजिए, नाम–हरिल यादव, जुर्म–उसके पास से चोरी के सामान का बरामद होना और जेल में 19 जनवरी, 1989 से। और इस तरह वह 6 वर्ष पहले ही किसी भी अदालत द्वारा दी जाने वाली सजा भुगत चुका था। 30 जनवरी, 1991 से बंद अशोक शर्मा भी डकैती के जुर्म में दी जानेवाली अधिकतम सजा भुगत चुका था।

अन्य नाम हैं–

नाम राजेन्द्र मंडल उर्फ राजन मंडल, जेल में 1 मार्च 1991 से

नाम–शेख हाने मियाँ, जेल में 23 मार्च 1992 से

नाम–बिकिशन पासवान, जेल में 23 मार्च 1992 से

नाम–बच्चे मिस्त्री, जेल में 4 सितंबर 1992 से

नाम–सुकराग पासवान, जेल में 20 नवंबर 1992 से

इसी प्रकार, अनवर ककर, गनेश दीना, रामदेव केसरी, बिला डाव, सिकन्दर मंडल, उपेन्द्र दास, बासो, घनश्याम सिंह, चक्रधर मंडल, पप्पू खान, सदानंद सिन्हा, मो. लल्लन पुत्र–मो. मदीन, मो. लल्लन उर्फ राशन पुत्र–सकलोजना, महेन्द्र चौधरी, अब्दुल खादील, रामरीइच्छा ठाकुर, मंगल ठाकुर, पुरण यादव, रामदास, रामजी पासवान, नरेन पासवान, मो. खालू, अशोक शर्मा, संजय दास, श्याम दास, चक्रधर मंडल भी कुछ ऐसे नाम थे जो या तो अपनी दी जाने वाली सजा की अवधि जेल में गुजार चुके थे या उससे भी ज्यादा।

बिहारशरीफ जेल–

नाम–सिन्धी राजे पुत्र किशन राजे, जेल में 4.5.1992 से

नाम–विनोद कुमार पुत्र जनार्दन प्रसाद, जेल में 30.6.91 से

नाम–कुबेर शशि पुत्र मूरल शशि, जेल में 8.7.1989 से

नाम–सोम मांझी पुत्र बंशी मांझी, जेल में 4.4.91 से

नाम–उमेश मिस्त्री पुत्र धनेश्वर मिस्त्री, जेल में अप्रैल, 93 से

नाम–भागवत महतो पुत्र कमल महतो, जेल में 30.6.91 से

नाम–धन महतो पुत्र दीपचन्द राम, जेल में 29.8.92 से

और भी अनेक कैदी 1993, 1994 एवं 1995 से ट्रायल की प्रतीक्षा में जेल में हैं। जबकि इनमें से अनेक ने दूसरे कई कैदियों की तरह, जैसाकि पहले भी इंगित किया जा चुका है, अपनी संभावित सजा की सारी मियाद पूरी कर ली है। अब कुछ और उदाहरण देखिए, दिनेश माँझी गैर कानूनी अस्त्र रखने के आरोप में 18.7.94 से जेल में बंद है। यदि उसके विरुद्ध लाया गया मुकदमा ट्रायल के बाद सच्चा पाया गया होता तो भी उसकी सजा मात्र एक साल होती पर वह अभी भी विचाराधीन कैदी ही है। बंशी जमादार पुत्र रामकिशन जमादार का भी यही मामला है। वह 15. 9.91 से जेल में है। यदि हम उसकी अधिकतम सजा की अवधि घटा भी दें तो उसको 1992 में छोड़ दिया जाना चाहिए था। यह अधिकारियों की तरफ से लापरवाही एवं याददाश्त के गुम हो जाने की बात भर है, पर जहाँ तक कैदी का सवाल है, उसके लिए स्वतंत्रता देश की हो या खुद की, बेमानी होकर रह गई है। इसी प्रकार बंशी कंवर कारू एवं विश्वकर्मा भी 1.7.1995 से जेल में है और लक्ष्मण सिंह 16.6.94 से। नरेश साह नाम का कैदी चोरी के मुकदमे में 21.7.1995 से जेल में है।

ये सभी और इन्हीं की तरह पता नहीं और कितने जिन्हें जेल मुआयने के जबरदस्त अदालती आदेश के बावजूद छूना संभव नहीं हो सकता था। लगता है, अनन्त काल के लिए जेल में डाल दिए गए हैं–चाहे अपराध उन्होंने जो भी किया हो और सजा उन्हें चाहे जो मिलनी हो। पता नहीं वह अदालत कब बैठेगी जो उचित मुआवजे के साथ उनकी रिहाई की तिथि तय करेगी!

लोहरदगा जेल : यहाँ भी बिहारशरीफ जेल या किसी भी अन्य दूसरी जेल की तरह विचाराधीन कैदियों की भरमार थी जो लंबी अवधि से यहाँ पड़े थे। कुछ उदाहरण देखिए–पहाड़िया 20 जुलाई, 1971 से; मिलीकानू कुजुर 1990 से; कुंडुर प्रधान 17 दिसंबर, 1990 से; सोमरा उराँव 2 मई, 1991 से; सुपरा उराँव 29 जुलाई, 1991 से; बिहारी उराँव 29 सितम्बर, 1991 से; मंगारे उराँव 20 फरवरी, 1993 से तथा सुधीर हिंज 20 फरवरी, 1993 से। तीन अन्य लोग भी थे जो चार वर्ष से अधिक अवधि से जेल में थे। तीन से अधिक वर्षों से पड़े विचाराधीन कैदियों की संख्या 39 थी।

इसे महज इत्तफाक नहीं कहा जा सकता कि ये कुछ नाम जो आपने पढ़े, ये सभी अनुसूचित जनजाति से आते हैं। ऐसे और भी अनेक नाम जो आपके सामने आए और जो लाख कोशिशों के बावजूद नहीं आ पाए, वे

सभी सामाजिक और आर्थिक रूप से पिछड़े लोगों के नाम हैं।

सामाजिक न्याय की तमाम गर्जनाओं के बावजूद इनके जीवन और इनकी स्वतंत्रता के बीच खड़ी जेल की दीवारें, अगर कुछ कालखंड को हटा दें तो कहा जा सकता है, और भी पुख्ता हुई हैं। यह महज संयोग नहीं है, बल्कि व्यवस्था का अभिजात चित्र है। जेल की दीवारें तो फिर भी ढाई जा सकती हैं अदालत के आदेश से, कुछ लोगों का गुस्सा भी काफी है तोड़ देने को, लेकिन व्यवस्था का अभिजात चित्र, इसे कौन ढाएगा?

सिमडेगा जेल : न कोई रिकॉर्ड देखने दिया गया और न निरीक्षण की छूट दी गई। दो टूक शब्दों में जेल अधीक्षक ने बताया कि यहाँ इस तरह के सिर्फ दो कैदी हैं जो छोटे अपराधों में आवश्यकता से अधिक अवधि से यहाँ हैं।

गुमला जेल : जेलर के बयान के अनुसार यहाँ 30 कैदी छोटे अपराधों में हिरासत में रखे गए हैं।

सराईकेला जेल : यहाँ 27 कैदी छोटे अपराधों के सिलसिले में हिरासत में रखे गए थे, यह भी वहाँ के जेलर ने बताया। कुछ भी देखने या जाँचने की छूट नहीं थी। दरअसल, इन जेलों में कैदियों के पूर्ण विवरण सहित कोई सूची उपलब्ध थी ही नहीं। जब बाद में जेल के बड़े अधिकारियों से संपर्क किया गया तो उन्होंने स्पष्ट शब्दों में कहा कि इस तरह की कोई सूची नहीं है।

यह जवाब जितना सादा था, उससे कहीं ज्यादा भयानक। पूरा जेल-विभाग स्पष्ट रूप से 37 हजार कैदियों को लेकर या तो अँधेरे में था या पूरी दुनिया को अँधेरे में रखना चाहता था।

यह लापरवाही का परिणाम है या क्रूरता का, कहा नहीं जा सकता। लेकिन कोई प्रकाशस्तम्भ ही उन्हें जीवन दे सकता है, यह तय है।

जहाँ धूल और गंदगी भरी पड़ी है

नर्क की ओर उतरना आसान है।
–वर्जिल

कैदियों को इतनी छूट नहीं थी कि वे जेलों में सफाई की आशा करते। जेल के अहाते कीड़ों और मच्छरों से भरे पड़े थे। जेलों में कहीं भी मूत्रालय और स्नानागार नहीं पाए गए। पानी की कमी जेलों का स्थायी भाव थी। शौचालय बदबूदार और मल से भरे पड़े थे। उनकी सफाई का कोई बंदोबस्त नहीं था। कोई निकासी पद्धति नहीं थी। शौचालयों की संख्या इतनी कम थी कि कैदियों को लंबी लाइन में खड़ा होना पड़ता था और जब प्रतीक्षा करना असंभव हो जाता था, तो वे जेल की दीवारें या नालियाँ इस्तेमाल करते थे। रात के बारह घंटे शौचालय के नाम पर कुछ भी उपलब्ध नहीं था–न दीवारें, न नालियाँ। बस बैरक होती थी, जहाँ वे ठुँसे पड़े होते थे। कुछ जेलों का ब्योरेबार तथ्य इस प्रकार है–

फुलवारीशरीफ शिविर जेल : वार्ड भीड़-भरे और बहुत गंदे थे। प्रत्येक वार्ड में बिना दरवाजे और पानी की सुविधा के एक छोटे से गड्ढे वाली जगह थी जो शौचालय के काम आती थी और इस तरह सोनेवाले

आधे क्षेत्र बदबू से भरे होते थे। स्थिति ऐसी होती थी कि सारे कैदी दूसरे किनारे पर सोने के लिए दौड़ पड़ते थे ताकि वे शौचालय की दुर्गंध से बच सकें। वहाँ वे रातों में सिर्फ मूत्र त्यागने जाते थे।

दानापुर जेल : स्नानागारों या स्नान स्थलों तथा मूत्रालयों के सर्वथा अभाव से जेल की सफाई-व्यवस्था की हालत दयनीय थी। यहाँ तक कि शौचालयों की स्थिति भी ठीक नहीं थी। सात शौचालयों में से सिर्फ चार कुछ ठीक-ठाक थे, शेष सभी बुरी तरह जाम पड़े थे। सुबह-शाम शौचालय के सामने लंबी कतार में खड़ा होना यहाँ के कैदियों की नियति थी। पानी के लिए एक कुआँ था और एक नल जो कभी-कभार पानी देता था।

पटना सिटी जेल : 37 कैदियों के लिए बने इस जेल में कैदियों की संख्या 168 थी और शौचालय कुल 6 थे। पानी के लिए एक कुआँ। नल और हैंडपंप भी थे जो काम नहीं करते थे।

चाईबासा जिला जेल : यह वही जेल है जहाँ 'मेरी टायलर' को उनकी गिरफ्तारी के बाद रखा गया था और जिसका वर्णन उन्होंने राधाकृष्ण द्वारा प्रकाशित अपनी किताब 'भारतीय जेलों में पाँच साल' में बखूबी किया है।

जेल में 240 पुरुष तथा 3 महिला कैदी ही रह सकते थे। लेकिन निरीक्षण के दौरान वहाँ 988 पुरुष तथा 10 महिला कैदी देखे गए। नहाने के स्थान के नाम पर कुछ नहीं। शौचालय भी सिर्फ छः। यानी कि एक शौचालय पर 150 से भी ज्यादा कैदी। सभी सेप्टिक टैंक टूटे पड़े थे। शौचालय साफ नहीं किए जा सकते थे। जेल का भवन दोमंजिला था। पहली मंजिल पर बैरकें थीं। केज शौचालय बदबू से भरे पड़े थे। आम तौर पर यहाँ के कैदी कुछ दिनों में ही क्षय रोग से ग्रस्त हो जाते थे।

हाजीपुर जेल : 250 कैदियों की क्षमता वाली इस जेल में कैदियों की संख्या 762 थी। शौचालयों की संख्या बहुत कम थी और जो भी थी, वह पूरी तरह से बंद, बदबूदार और गंदी। वर्षों से यहाँ कोई सफाई नहीं हुई थी। दुर्गंध और गंदगी से यहाँ किसी भी समय चेचक अथवा हैजा जैसी महामारी फैल सकती थी।

मुजफ्फरपुर केन्द्रीय जेल : कैदियों की संख्या 1116 थी। शौचालय ऊपर तक भरे पड़े थे। सफाई कभी नहीं की गई। नगरपालिका इस जेल को अपनी कोई सेवा प्रदान नहीं करती है और न ही किसी प्रकार का सहयोग देती है। कैदी असहाय थे। कैदी क्या, वहाँ के अधिकारी भी

असहाय थे। जेल अधीक्षक ने कहा कि वह महानिरीक्षक, जेल से पत्र-व्यवहार कर रहे हैं लेकिन कोई जवाब नहीं मिला। कहने को वहाँ जमादार था लेकिन वह कभी दिखता नहीं था। दरअसल, उसकी तनख्वाह वही थी जो अंग्रेजों के भारत छोड़ते समय थी।

हजारीबाग जेल : 'भारतीय जेलों में मेरे पाँच साल' में मेरी टायलर ने इस जेल का जो दृश्य रखा है, आज यह उससे कहीं ज्यादा भयावह हो गया है। कैदियों की संख्या क्षमता से कहीं अधिक है, उनकी संख्या 1996 है। यहाँ न स्नानागार है और न नहाने के लिए कोई व्यवस्था। 37 महिला कैदी थी जो खुले में नहाने के लिए बाध्य थीं शौचालय बिना दरवाजे और छत के थे। बरसात में इन खुले शौचालयों की हालत खस्ता हो जाती थी। गर्मियों और सर्दियों में कैदियों को कुछ मिनट के लिए बैठना भी मुश्किल हो जाता था। मल चारों ओर बहता होता था और मारे दुर्गंध के नाक फटती थी। अन्य जेलों की भाँति यहाँ भी कोई मूत्रालय नहीं था। हालाँकि, यह जेल तीन ओर से सुन्दर प्राकृतिक झीलों से घिरा था, लेकिन जेल के भीतर पानी का घोर अभाव था। और वह भी ऐसा कि अंदर थोड़ी देर रहने के बाद यह विश्वास करना मुश्किल हो जाता था कि बाहर सचमुच तीन-तीन झीले हैं।

वैसे, पानी की नियमित आपूर्ति के लिए लोक जल विद्युत विभाग द्वारा एक पानी की टंकी बनाई गई थी, पर विभाग जेल में जलापूर्ति करने के स्थान पर उस पानी को स्कूल, डेयरी फार्म, रेडियो स्टेशन आदि को बेहिचक बेच रहा था। विभाग के अधिकारियों की जेबें गर्म हो रही थीं और जेल प्रशासन कुछ भी नहीं कर पा रहा था। कैदियों को सारा दिन प्यासे गुजारना पड़ता था। कहने को जेल के पास कुछ कुएँ भी थे, लेकिन उनमें से एक ही कुआँ काम कर रहा था। एक गहरी बोरिंग भी की गई थी लेकिन ऊर्जा विभाग द्वारा बिजली न दी जाने के कारण बेकार पड़ी थी।

गर्मियों में प्रशासन नगरपालिका से पानी खरीदता था, ताकि लोग प्यास से न मरें। रसोई में बहुत गंदा पानी प्रयोग किया जाता था। एक ही कुआँ जो 1700 लोगों की आवश्यकताओं की पूर्ति करता था, ढँका हुआ नहीं था। महिला वार्ड में कोई कुआँ नहीं था। वहाँ एक नल था जिसमें पानी आने का इंतजार उन्हें हमेशा रहता था। मेरी टायलर ने लिखा है—''यह और अधिक कष्टदायी था कि जलापूर्ति के नाम पर पीले पानी की कुछ बूँदें अब हम प्राप्त कर रहे थे। हमने किसी भी बात पर तर्क-वितर्क करना छोड़ दिया था। बदतर समय तो वह होता था जब हमारे

नल से पानी की आपूर्ति बंद हो जाती थी। कई बार यह कई दिनों तक होता रहा था। हम चार को नहाने, कपड़े-धोने, रसोई और सफाई के लिए पानी की दो बाल्टियों से गुजारा करना पड़ता था। अन्य महिला कैदियों की हालत तो और भी बदतर थी। उनके पास कुछ मिट्टी के बरतन और जंग लगी लोहे की बाल्टी थी। पानी की बाल्टी में काफी दिनों से छेद था और वह कई दिनों से एक ओर बेकार पड़ी थी। कई जेल अधिकारी यह खतरा मोल नहीं लेना चाहते थे कि हमारे वार्ड में पुरुष उन दो कुओं से, जो उनके वार्ड में थे, पानी लेकर आएँ। अन्य महिलाओं को पानी की एक बाल्टी के लिए भी गिड़गिड़ाना पड़ता था।'' एक चौथाई शताब्दी गुजर गई जब टायलर ने ये शब्द लिखे थे और तब से कैदियों की संख्या बढ़ी है जबकि कुओं की संख्या दो से एक हो गई है।

हिल्सा जेल : यद्यपि यह जेल सिर्फ 15 वर्ष पहले यानी कि 1981 में निर्मित की गई थी तथापि इसकी हालत ब्रिटिश अवधि की जेलों से भी बदतर थी। मल-निकास व्यवस्था बड़ी खराब थी। कहने को यहाँ 60 शौचालय थे, लेकिन सिर्फ 6 ही कार्य कर रहे थे। केज शौचालय बुरी तरह से दुर्गन्धयुक्त था।

बिहारशरीफ जेल : जून, 1996 में कैदियों की संख्या 816 थी। जबकि इसकी क्षमता मात्र 235 कैदियों को रखने की थी। जब निरीक्षण दल वहाँ पहुँचा तो कैदियों ने फब्ती कसी-''क्यों आए हैं आप लोग यहाँ? पहले भी कई शक्तिशाली लोग यहाँ आए लेकिन हमारे रहन-सहन की स्थिति में कोई अंतर नहीं आया।'' जेल का भवन 1990 में निर्मित किया गया था। 800 से अधिक कैदियों के लिए 20 शौचालय थे। ये गंदे और दुर्गंधयुक्त थे। जमादार 30 रुपये मासिक वेतन में 20 शौचालयों तथा नालियाँ साफ करने को इच्छुक नहीं था। आजादी से पूर्व निर्धारित राशि को बढ़ाया नहीं गया था। बरसात में भरे हुए और गंदे शौचालय इस्तेमाल नहीं किए जा सकते थे लेकिन वे मजबूर थे। केवल नौ ट्यूबवेल ही काम कर रहे थे। पानी का कोई भी अन्य स्रोत नहीं था।

चास सब जेल : इस जेल का निरीक्षण श्री आर. सी. श्रीवास्तव, जिला तथा सेशन जज बोकारो ने किया। 180 व्यक्तियों के स्थान पर 350 कैदी रह रहे थे। जेल अधीक्षक ने बताया कि यहाँ शौचालयों की तीन पंक्तियाँ हैं जिनमें से प्रत्येक में दस शौचालय हैं। उसने आगे बताया कि एक पंक्ति पूरी तरह से टूटी-फूटी थी। दो अन्य पंक्तियों में भी तकनीकी खराबी थी। दरअसल ये शौचालय इस तरह से निर्मित किए गए थे कि मल

बहाया नहीं जा सकता था। पुरुष वार्ड में तीन हैंड पंप और महिला वार्ड में एक हैंड पंप था। एक कुआँ भी था। न्यायाधीश ने अपनी रिपोर्ट में आगे लिखा कि यद्यपि किसी भी कैदी ने कोई शिकायत नहीं की, तब भी वह उनके चेहरों पर भयानक शून्यता का भाव पढ़ सकते थे। वे निस्संदेह कुछ बोलना चाहते थे लेकिन अंत तक कुछ बोल पाने की हिम्मत नहीं कर पाए।

बाढ़ जेल : 65 कैदियों की क्षमता वाली इस जेल में 310 कैदी थे। शौचालय इतनी दुर्गंध फैला रहा था कि उसके आस-पास कहीं भी खड़ा होना मुश्किल था। यहाँ तक कि कैदियों के वार्ड भी दुर्गंध से भरे थे। जो कैदी गरीब थे और छोटे अपराधों में पकड़े गए थे, उन्हें उन्हीं शौचालयों के नजदीक सोने को बाध्य किया जाता था। नहाने का स्थान भी गंदा था। उसे साफ करने का कोई प्रबंध नहीं था। बरसात में इन स्थानों की हालत भयानक हो जाया करती थी। मल बाहर बहने लगता था। रिपोर्ट के अनुसार यह जेल आदमियों को रखे जाने लायक नहीं थी। नरक से भी बदतर स्थिति थी यहाँ। वार्डेन का कहना था कि कुछ भी उनके वश में नहीं। बरसात के मौसम में जब शौचालय जाम हो जाते थे और छतों से पानी टपकने लगता था, जेल अधीक्षक चिन्ता के अलावा कुछ नहीं कर पाते थे।

सिवान जेल : यहाँ 547 कैदी थे। 72 शौचालयों में से 30 चालू हालत में थे। ये 30 शौचालय और उससे जुड़ी नालियाँ मल और दुर्गन्ध से भरे थे। यहाँ लगभग 9 हैण्ड पम्प थे।

भागलपुर केन्द्रीय जेल : यह भारत की राजधानी में स्थित तिहाड़ जेल की भाँति आदर्श जेल है। प्रत्येक मंजिल में 300 कैदी थे जबकि शौचालयों की संख्या सिर्फ 6, यानी की 50 कैदियों पर एक शौचालय और वह भी बदतर स्थिति में। इस जेल के अधिकारियों ने लोक जल विद्युत विभाग तथा लोक स्वास्थ्य विभाग को लिखा था लेकिन सदा की भाँति कोई भी जवाब वहाँ से प्राप्त नहीं हुआ।

रोसरा जेल : यहाँ 263 कैदी थे और 15 शौचालय जिनमें से अधिकांश इस्तेमाल के लायक नहीं थे। इन शौचालयों का ढाँचा ढहने वाला था और ये बुरी तरह से जाम पड़े थे। यहाँ 5 हैण्ड पम्प थे। एक खराब पड़ा था। किसी भी वार्ड में बल्ब नहीं था। जेल की सफाई-व्यवस्था अत्यंत खराब थी। अधिकांश कैदी चर्म रोगों से ग्रस्त थे।

खगड़िया जेल : जेल मंत्री पवन कुमार सिन्हा यहीं के निवासी हैं। 160 पुरुषों और 3 महिलाओं की क्षमता वाली इस जेल में 498 पुरुष तथा

8 महिला कैदी थीं। यहाँ 30 शौचालय थे, लेकिन कोई भी इस्तेमाल करने लायक नहीं। हैण्ड पम्प 8 थे। बैरक के भीतर केज शौचालय बुरी हालत में थे। हर तरफ दुर्गन्ध-ही-दुर्गन्ध। भारी भीड़ के कारण स्थिति और भी बदतर हो गई थी। बैरकों में रहना असंभव था। अधिकांश कैदी चर्म रोग से ग्रस्त थे। गरीब तथा अमीर एवं छोटे और बड़े अपराधों में पकड़े गए कैदियों के बीच भेद-भाव की स्थिति पूरे वातावरण को और भी चिन्ताजनक बनाई हुई थी। विधानसभा के मानवाधिकार कमेटी की रिपोर्ट में यहाँ की हालत कसाईखाने से भी बदतर बताई गई थी। असल में इस जेल का निरीक्षण इसी आयोग द्वारा किया गया था।

कालाहाँड़ी : बिहार की जेलों में

> हर बार खाने में वही दो मुट्ठी ललछ्वाँ अधपका चावल—न सब्जी, न नमक, माँड़ तक नहीं जिसके सहारे इसे घोंटा जा सके। तुम्हारी भूख शांत हो सकती है अगर तुम्हें कोई बाहर से खाना भेज दे, नहीं तो तुम समाप्त हो जाओगे और माँ-माँ चीखते रह जाओगे।
>
> **—हो ची मिन्ह**

यह काफी पहले की बात है। जेल-प्रशासन भोजन को मनुष्य के अस्तित्व के लिए मूल आवश्यकता के रूप में गिनना बंद कर चुका है। शरीर और आत्मा को इकट्ठा रखने के लिए यानी कि जिन्दा रहने के लिए आवश्यक भोजन देने की बजाय कैदियों के साथ उतना ही बड़ा मजाक किया जाता था जितनी बड़ी जेल की दीवारें थीं। वे भूख की परवाह नहीं करते और भूखों को कैद में रखते हैं।

उच्च न्यायालय के आदेश पर तैयार की गई रिपोर्ट में यह तथ्य पूरी नग्नता के साथ खुलकर सामने आया। प्रशासन पूरी तरह मूक था। वह कहीं से भी खुद को इस चिन्ताजनक स्थिति के लिए जवाबदेह नहीं मान रहा था। भूख से छटपटाते हजारों कैदी एक ऐसे निर्मम दुश्चक्र में फँसे पड़े थे

कि जिन भयावह परिस्थितियों का वे सामना कर रहे थे, उसके खिलाफ वे आवाज नहीं उठा पा रहे थे, जबकि वे जान रहे थे कि चुप्पी उनके लिए बड़ा महँगा और घातक साबित हो सकती है। न्याय की किसी भी व्यवस्था में भूख को दंड की कोई किस्म नहीं कहा जा सकता है लेकिन कैदियों पर भूख कुछ इसी तरह थोप दी गई थी जैसे सजा दी जा रही हो। दरअसल, जेल के कर्मचारी चोर थे। वे कैदियों का भोजन चुरा लेते थे। लेकिन मामला सचमुच इतना सहज नहीं है। दरअसल यह कैदियों के भोजन को लेकर सरकार के निस्संग होने का है। उसने कब का जेलों में मांस, दूध, अंडे की आपूर्ति बंद कर दी है। आजादी के बाद से अब वह 15 अगस्त और 26 जनवरी के दिन भी कोई विशेष भोजन नहीं देती। अब ऐसे दिनों में कैदियों को 2 रुपये दे दिए जाते हैं जिससे वे बीड़ी पिएँ, जुआ खेलें, जो चाहे करें।

साक्ची केन्द्रीय जेल : जेल नियमावली के अनुसार भोजन कभी नहीं दिया जाता। हालाँकि राज्य खाद्य निगम द्वारा चावल, गेहूँ, चने की आपूर्ति की जाती थी, लेकिन इसका स्तर बहुत निम्न था। पिसी हुई सूखी मिर्चें सड़ी नजर आती थीं। सब्जियाँ खाने के योग्य नहीं। लगभग सभी कैदियों ने कहा कि उन्हें बहुत घटिया स्तर का खाना दिया जाता है और मात्रा भी इतनी कम होती है कि उससे पेट नहीं भरा जा सकता।

घागीडीह शिविर जेल : भोजन के स्तर पर जितना कम कहा जाए, उतना ही बेहतर है। रोटियाँ मुश्किल से आधी पकी। सब्जियाँ उबली हुईं, जिनमें न तेल न मसाला।

गिरीडिह जेल : आटे में पचास प्रतिशत चोकर पाया गया।

बोकारो चास जेल : सब्जी जिसे मुश्किल से 100 लोग खा पाते, 421 लोगों के बीच बाँटी जाती है। खाने का स्तर एकदम घटिया। बिल्कुल खाने योग्य नहीं।

लातेहर जेल : कैदियों ने शिकायत की कि उन्हें थोड़ा-सा भोजन दिया जाता है और वह भी खाने योग्य नहीं। उन्हें रात-दिन भूखे रहना पड़ता है।

चाईंबासा जेल : एकदम पतली दाल और सड़ी हुई सब्जियाँ परोसी जाती हैं।

तेनुघाट जेल : इस जेल में पाया गया चावल काफी घटिया स्तर का था। वह खाने लायक नहीं था। चावल पर काले-काले धब्बे थे, जिन्हें खाना खतरनाक था। जेल अधिकारियों ने बताया कि यह चावल सरकार के

आदेशानुसार राज्य खाद्य निगम द्वारा भेजा जाता था।

हजारीबाग जेल : भोजन के लिए दी जाने वाली राशि इतनी कम थी कि गुड़ नहीं खरीदा जा सकता था। अतः यहाँ सिर्फ चना ही कैदियों को मुहैया होता था। उन्हें हरी सब्जी भी नहीं दी जाती थी। हरी सब्जी तभी कैदियों को मिल सकती थी, जब ये उनके द्वारा खुद उपजाई गई हो। चाय में चीनी की मात्रा नहीं के बराबर होती थी। मांसाहारी भोजन देना बंद कर दिया गया था। गेहूँ बिना साफ किए पिसवाया जाता था। क्षयरोगियों या अन्य किसी भी रोगियों के लिए अलग से विशेष भोजन की व्यवस्था नहीं थी।

दरभंगा कारागार : यहाँ दाल का अर्थ पीले रंग का तरल पदार्थ था। चावल मोटा, घटिया और काले कणों से भरा था। इसकी आपूर्ति राज्य खाद्य निगम करता था।

सीतामढ़ी कारागार : रसोई घर अँधेरी, धुएँ से भरी, गन्दी एवं अस्वास्थ्यकर थी। दाल एवं चावल के घटिया स्तर की शिकायत सभी ने की। चावलों पर काले-काले धब्बे थे।

रोसड़ा जेल : भोजन का स्तर इतना घटिया था कि कैदी लगभग भूखे रह रहे थे।

नवादा जेल : भोजन की मात्रा अपर्याप्त एवं स्तर घटिया था। रसोईघर खस्ता हालत में था। फर्श टूटा एवं गंदा था और साथ ही अस्वास्थ्यकर। खाद्य पदार्थ के विषाक्त होने की पूरी संभावना थी क्योंकि वे गंदगी, धूल एवं मक्खियों के बीच ऐसे ही खुले पड़े रहते थे।

आरा जेल : भोजन के अधपके एवं अपर्याप्त होने के साथ ही सब्जी, दाल एवं दूसरी चीजें हमेशा गायब रहती थीं। गुड़ कभी नहीं दिया जाता था। रसोईघर बहुत बुरी स्थिति में था। फर्श टूटा-फूटा था और छतें टपकती थीं। बरतन पुराने और घिसे हुए थे।

मोतिहारी जेल : रसोईघर अँधेरा, धुएँ से भरा और दीवारों पर कालिख की परतें थीं। फर्श टूटे पड़े थे। बरतन अपर्याप्त थे। चावल का स्तर घटिया था। खाने की मात्रा हमेशा कम होती थी। कैदी भूखे, अकालग्रस्त एवं मरियल दिखते थे। मसूर की दाल और चावल में कीड़े अवश्य होते थे।

बेतिया जेल : रसोईघर छोटा था और फर्श टूटा। सफाई की पूर्णतया कमी थी। भोजन का स्तर एवं मात्रा घटिया एवं अपर्याप्त थी। चाय बिना दूध एवं चीनी के दी जाती थी।

गोपालगंज जेल : भोजन का स्तर घटिया था। चपातियाँ अधपकी

होती थीं और सब्जियाँ हमेशा अपर्याप्त। खाना बनाने के लिए चूल्हे एवं अन्य जरूरी सामान की कमी थी।

हिलसा कारागार : खाने का स्तर काफी खराब था। मात्रा भी अपर्याप्त थी। रसोईखाने की हालत अत्यंत खराब थी। फर्श टूटा, धूल एवं कीटाणुओं से भरा था। चारों तरफ नाली का पानी फैला हुआ था।

गुमला, लोहरदगा एवं सिमडेगा जेल : इन जेलों में कैदियों को पर्याप्त खाना नहीं मिलता था और वे आधे भूखे रहते थे। लाखों रुपये की लूट एवं कुप्रबंध के कारण खाने का स्तर काफी घटिया था।

लखीसराय, फुलवाड़ी कैम्प एवं बिहारशरीफ जेल : इन तीनों जेलों में भी भोजन का घटिया स्तर, अपर्याप्त मात्रा, रसोई एवं बरतनों की घटिया हालत की शिकायत प्रमुखता से दर्ज की गई। छतें टपक रही थीं, फर्श टूटा था एवं धूल एवं कीड़ों से भरा पड़ा था।

चास जेल : हालाँकि यहाँ के कैदियों ने कुछ नहीं कहा, पर उनके भयग्रस्त एवं सहमे चेहरों ने सब कुछ बयान कर दिया कि जेल में कुछ भी सही नहीं था। रसोई काफी गंदी पाई गई।

सराईकेला जेल : कैदियों ने कहा कि खाने की मात्रा अपर्याप्त थी एवं गुड़ उन्हें नहीं दिया जाता था।

खूँटी जेल : यहाँ खाना नहीं, चारा मिलता है। तेल, मसाला, पौष्टिक भोजन नहीं दिया जाता। कैदियों ने शिकायत की कि पिछले एक वर्ष से उन्हें सिर्फ चने की दाल दी जाती है।

नवगछिया जेल : पकाया हुआ खाना खुला ही रखा जाता था। रसोईघर अत्यंत ही अस्वास्थ्यकर था।

बाँका उपकारा : रसोईघर अत्यंत ही छोटा एवं गंदा था। बरतनों की हालत काफी खराब थी। घटिया स्तर का खाना दिया जाता था। चावल में पत्थर के कण भरे पड़े थे। चना, दाल एवं गुड़ का स्तर काफी घटिया था। आलू आधे सड़े थे।

गोड्डा जेल : रसोईघर की हालत काफी खराब थी। बरतन टूटे एवं गंदे थे। निम्न स्तर का घटिया खाना परोसा जाता था। खाना बनाने के बरतन टूटे-फूटे थे और खाना अधपका होता था। सालों भर चने की दाल ही खाने को मिलती थी। चावल का स्तर अत्यंत निम्न था। हर चीज सड़ गई सी लगती थी।

बाढ़ एवं मुंगेर जेल : इनकी हालत गोड्डा एवं नवगछिया जेलों जैसी ही थी।

चारदीवारी के पीछे सलाखों पर जकड़ी मुट्ठियाँ

जब तक जेलें हैं, क्या फर्क पड़ता है हममें से कौन 'सेल' में है।

—जार्ज बर्नाड शॉ

राज्य भर में जेलों के भवन खस्ता हालत में थे। उनमें से अधिकांश स्वतंत्रता से पूर्व निर्मित किए गए थे और उनकी मरम्मत करनेवाला या उन्हें आधुनिक रूप देने वाला कोई नहीं था। 1980 के बाद बने भवनों की स्थिति पुराने भवनों की अपेक्षा और भी खराब थी, क्योंकि इनके निर्माण में घटिया सामग्री इस्तेमाल की गई थी। यदि इस संबंध में जाँच करवाई जाती तो यह आसानी से सिद्ध हो सकता था कि इनके निर्माण में हर स्तर पर भारी घोटाला हुआ है।

रिपोर्ट के अनुसार बन जाने के तुरन्त बाद ही कई भवन आवास हेतु अयोग्य घोषित किए गए थे। सभी भवनों की छतें बारिश के दिनों में टपकती थीं। दीवारों के प्लास्टर झड़े हुए थे और उनमें नमी थी, जिसके कारण कैदियों में चर्म-रोग फैल रहे थे। जाँच के दौरान पाई गई ऐसी कुछ

जेलों की स्थिति इस प्रकार है–

धनबाद जेल : भवन की छत टपक रही थी और इसकी छतों पर जंगली पौधे अपनी जड़ें फैलाए हुए थे।

गिरिडीह जेल : प्रत्येक वार्ड में सौ कैदी थे। प्रत्येक वार्ड का आकार 100 फीट × 20 फीट था। वार्ड नं. एक की छत टपक रही थी।

लातेहार उपकारा : जेल का भवन अत्यन्त दयनीय अवस्था में था। छत से पानी रिस रहा था। कैदियों को छत से टपकते पानी से बचने के लिए अपने सिर पर प्लास्टिक का टुकड़ा बाँधना पड़ता था।

चाईबासा जेल : महिला वार्ड की स्थिति बहुत खराब थी। छत से पानी लगातार बह रहा था। खिड़कियों को बंद करने के लिए चौखटें नहीं थीं। बच्चों के रिमांड-घर की छत भी टपक रही थी।

देवघर जेल : यहाँ 8 वार्ड थे। सभी ठंडे। लकड़ी की बीम टूटने वाली थी।

जामताड़ा जेल : छत टपक रही थी और कैदियों को सारी रात एक किनारे पर गठरी बन कर बैठे रहना पड़ता था, ताकि वे प्रकृति की मार से बच सकें। बिस्तरे और कंबल बारिश के पानी से बुरी तरह भीग जाते थे।

हाजीपुर जेल : भवन, वार्ड एवं कक्ष यद्यपि नवनिर्मित थे तथापि ये बुरी हालत में थे। सीढ़ियों के किनारों के प्लास्टर उधड़े थे। अधिकांश वार्डों के फर्श बहुत उखड़े थे क्योंकि फर्श की ऊपरी परतें चकनाचूर हो चुकी थीं।

सीतामढ़ी जेल : वार्ड अपेक्षाकृत नवनिर्मित थे लेकिन उनके बनाने में कोई सावधानी नहीं बरती गई थी। सहायक जेलर ने बताया कि हाल ही में छत का एक भाग टूट गया था।

दानापुर उपकारा : छतें बहुत बुरी हालत में थीं। सारे वार्ड बारिश के दिनों में टपकते थे।

बिहारशरीफ जेल : स्वीकृत योजना के तहत इस भवन का निर्माण किया गया था। लेकिन सभी कुछ बुरी तरह टूट-फूट गया था।

हिलसा जेल : छतों की स्थिति दयनीय थी। सामान्य वार्ड के कैदियों ने छत टपकने की शिकायत की जबकि महिला वार्ड की स्थिति भी अच्छी नहीं थी। यह चिन्ता का विषय था क्योंकि इसका निर्माण 1981 में हुआ था।

लक्खीसराय जेल : जल निकास प्रणाली में भारी सुधार की आवश्यकता थी। यहाँ चारों ओर पानी जमा हो जाता था।

पटना सिटी जेल : पूरी छत को मरम्मत की आवश्यकता थी, क्योंकि यह बारिश में टपकती थी।

नवगछिया जेल : सभी ओर से पानी रिस रहा था। यहाँ भी कैदी सिर पर प्लास्टिक का टुकड़ा बाँधे हुए थे।

बक्सर उप-जेल : बहुत पुराना था और बुरी हालत में था। बारिश के दिनों में छतें पानी से भरी होती थीं। सैकड़ों पक्षी वहाँ छतों की सुराखों में बैठे रहते थे और उनकी बीट कैदियों के माथे पर गिरती रहती थी। स्थान की बेहद कमी थी।

जेल कार्ड के साथ छेड़छाड़ न करें

> मैंने एक ऐसे कानून की खोज की है जो कहता है कि आप जो सूचनाएँ चाहते हैं वह एक ऐसे कागज के टुकड़े पर हैं जिसे आप कभी ढूँढ़ नहीं सकते।
>
> –जेन आयन्स

जेल नियमावली के नियम 508 के अनुसार, ''प्रत्येक कैदी को जेल पहुँचने के तुरन्त बाद 'हिस्ट्री टिकट' दिया जाना चाहिए जिसमें विभिन्न शीर्षों के अन्तर्गत सूचना तिथिवार रिकार्ड की जानी चाहिए। इसमें जेल-जीवन की सभी महत्त्वपूर्ण घटनाएँ और उससे संबंधित प्रत्येक आदेश दर्ज किए जाने चाहिए।'' जेल-कार्ड या 'हिस्ट्री टिकट' में एक कैदी के जेल आने की तारीख, उसके द्वारा अर्जित छुट्टियाँ या कटौती, जेल में रहने की मियाद, कोर्ट के आदेश का ब्योरा रहता है। इसके अलावा उसमें कैदी की उम्र, ऊँचाई, जेल में दाखिले के समय उसका वजन, उसको दी जाने वाली या दी गई चिकित्सा-सुविधाएँ एवं कोर्ट के फैसले आदि का विवरण रहता है; पर यह जेल-कार्ड कैदियों को उपलब्ध नहीं होता। वजह बताई जाती है कि यह सब कागज की कमी की वजह से सम्भव नहीं हो पा रहा है। नतीजतन, कैदी अपनी मियाद से ज्यादा जेल में रह जाते हैं। उन्हें वे तमाम

सुविधाएँ न भी मिलें, जो मिलनी चाहिए, तो उसका जिम्मेदार भी कोई नहीं होता। ऐसे कई कैदी हैं जिन्हें समय पर रिहा नहीं किया जाता और जिनकी ओर से कभी भी अपील दायर नही की जाती। उनकी स्थिति एक ऐसे कैदी जैसी हो जाती है, जिसे एक अँधेरे कमरे में बंद कर दिया गया हो–बिना इस जानकारी के कि कितने दिन, महीने एवं साल से वह यातना भोगता आ रहा है। क्या वह इसी तरह इस नाटकीय त्रासदी को अनन्त काल तक भोगता रहेगा?

बक्सर जेल : इस जेल का मुआयना कारा-महानिरीक्षक द्वारा भी किया गया था। उन्होंने पाया कि अधिकांश कैदियों के पास जेल-कार्ड था ही नहीं और जिनके पास यह था भी, उसे पूरा भरा नहीं गया था। गोगोरी मस्तान ने उन्हें बताया कि वह एक खून के मुकदमे में पिछले 12 वर्षों से जेल में था। दूसरे लोग भी लंबे अर्से से जेल में थे। महानिरीक्षक साहब ने निर्देश दिया कि ऐसे लोगों की सूची बनाकर जिलाधीश को दी जाय और उसके बाद जिला जज को।

अपने निरीक्षण के दौरान महानिरीक्षक ने यह भी पाया कि मुहम्मद पैगम्बर आश्रम, तुलसी आश्रम, श्रवण आश्रम एवं वाल्मीकि आश्रम के कैदियों के जेल कार्ड पूरी तरह भरे नहीं गए थे। इन कार्डों के कैदी पहले दूसरी जेलों में भी कुछ समय गुजार कर आए थे, पर इसका कोई जिक्र उनके कार्ड में नहीं था। कुछ कैदियों के कार्ड में उनके द्वारा अर्जित छुट्टियों या उनके द्वारा कमाई गई सजा में मियाद की कटौती दर्ज नहीं की गई थी। हिस्ट्री टिकट में कैदियों के हाजत में रहने की अवधि को भी नहीं दर्शाया गया था। जेल के अधीक्षक, कैदी के सजा से पहले, विचाराधीन कैदी के रूप में बिताए गए समय को जानने में उत्सुक नहीं थे। मतलब यह कि यदि किसी को दस वर्ष की सजा होती है और वह 5 वर्ष विचाराधीन कैदी की तरह गुजार चुका है तो सजा के बाद उसे सिर्फ 5 वर्ष ही जेल में और रहने होंगे क्योंकि वह 5 वर्ष विचाराधीन कैदी की तरह जेल में गुजार चुका है, लेकिन जेल कार्ड नहीं रहने की वजह से जेल में गुजारी गई अवधि का पक्का ब्योरा नहीं होता और कैदी को कई बार महीनों या वर्षों से अधिक समय तक जेल में गुजारना पड़ता है जो न सिर्फ गैरकानूनी होता है, बल्कि मानवाधिकार का उल्लंघन भी।

साक्ची केन्द्रीय कारा : यहाँ जेल कार्ड सभी कैदियों को नहीं दिए जाते। जिन्हें दिए भी जाते हैं, उनके कार्ड सभी वांछित सूचनाएँ नहीं देते।

घागीडीह कैम्प जेल : यहाँ नए कैदियों के पास जेल-कार्ड नहीं है।

पुराने कैदियों के पास जेल-कार्ड है अवश्य, पर उनके सभी कॉलम नियमित रूप से नहीं भरे जाते थे। ये कार्ड कैदियों के पास भी नहीं थे, बल्कि दो अधिकारियों के पास होते थे जो कानूनन गलत था।

गिरिडीह जेल : पुरुष कैदियों के पास जेल-कार्ड नहीं थे।

गढ़वा उप जेल : यहाँ जेल-कार्ड उपलब्ध नहीं था। कारण बताया गया कि उप जेल होने की वजह से कार्ड नहीं है।

बोकारो चास जेल : नए कैदियों को जेल-कार्ड नहीं दिए जाते।

लातेहार सब जेल एवं चाईबासा जिला जेल : यहाँ कैदियों को जेल-कार्ड नहीं दिए जाते।

हजारीबाग केन्द्रीय कारा : आठ महीनों से आए हुए कैदियों तक को कोई जेल-कार्ड नहीं दिया गया था।

हाजीपुर जेल : अधिकांश कैदियों के पास जेल-कार्ड नहीं थे।

गुमला सब जेल एवं किशनगंज जिला जेल : यहाँ किसी भी कैदी के पास जेल-कार्ड नहीं था।

सराईकेला, नवगछिया, गोड्डा जेल : अधिकांश कैदियों के पास जेल-कार्ड नहीं थे और जिनके पास थे भी, वे पूरी तरह भरे नहीं गए थे।

जेल-कार्ड के नहीं रहने पर कैदी नहीं बता सकते थे कि वे कब जेल आए, न ही वे यह बता सकते थे कि उनको जमानत मिली या नहीं, उनके मुकदमे का अंत रिहाई में हुआ या सजा में या कोई फैसला हुआ भी कि नहीं। इसी कारण वे नहीं जानते कि और कितने दिन जेल में गुजारने हैं। यदि कोई अधिकारी जेल का मुआयना करने आता था तो न तो कैदी और न ही वहाँ के अधिकारी कैदी की स्थिति बता पाते थे।

जेल अधिकारी अपने कुकृत्य एवं अन्याय को छिपाने के लिए या तो कार्ड जारी ही नहीं करते थे और यदि करते भी थे, तो उनकी सारी आवश्यक एवं अद्यतन प्रविष्टियों को भरते नहीं थे। यह कैदियों के मानवाधिकारों का घोर उल्लंघन था।

अत्यंत निंदनीय भेदभाव

> एक मानव, एक भारतीय होने की वजह से मैंने पाया कि मेरा कोई अधिकार नहीं है; और भी साफ शब्दों में कहा जाए तो–मुझे पता चला कि एक मनुष्य के रूप में मेरा कोई अधिकार ही नहीं है चूँकि मैं एक भारतीय हूँ।
>
> –**महात्मा गाँधी**
>
> (एक ब्रिटिश न्यायालय में बोलते हुए)

जेलों में विभिन्न लोगों से भिन्न-भिन्न व्यवहार की कहानी उतनी ही पुरानी है जितनी कि जेलें।

एक ओर तो सजा पूरी होने के बावजूद जेलों में लम्बी एवं गैर कानूनी हिरासत के मामले हैं, तो दूसरी ओर भागलपुर जेल में 37 उम्रकैद भोग रहे कैदियों को सजा की अवधि पूर्ण होने के पहले ही रिहा कर दिया गया। उनकी रिहाई, सर्कुलर नं. ए/पी.एम. 03/81-550 तारीख 21.1.1984 का उल्लंघन करते हुए 24 जनवरी, 1994 से 16.1.1997 के बीच कर दी गई। इस सर्कुलर के अनुसार उम्रकैद की सजा पाए व्यक्ति को कम-से-कम 14 वर्षों तक जेल में रहना आवश्यक था। वैसे उम्रकैद में 'उम्र' का मतलब 20 वर्ष है, पर इसमें से 6 वर्षों तक की कटौती कैदी के आचरण एवं कार्य

को देखते हुए की जा सकती है, किन्तु यह कटौती किसी भी हालत में 6 वर्षों से ज्यादा की नहीं हो सकती।

इस अवधि से पूर्व रिहाई के लिए न केवल स्थानीय जेल प्रशासन जिम्मेदार है, बल्कि विधि विभाग एवं राज्य के महानिरीक्षक, कारा भी जिम्मेदार हैं। अवधि पूर्व रिहाई का अर्थ है कि या तो अवैधानिक कृत्य के लिए उनकी सहमति ले ली गई थी या फिर उन्होंने इस सर्कुलर को पढ़ने या जानने की जहमत नहीं उठाई।

अयोध्या यादव को 21.9.1981 को उम्रकैद की सजा सुनाई गई थी। उसे 9.3.1994 को 12 वर्ष, 5 मास तथा 22 दिनों के बाद रिहा कर दिया गया। सुगातांत को 12 वर्ष, 10 महीने और 24 दिनों के बाद रिहा कर दिया गया। लखन मंडल 12 वर्ष, 10 महीने एवं 24 दिनों के बाद जेल से मुक्त हो गया। जगदीश यादव 12 वर्ष, 5 महीने एवं 11 दिनों के बाद रिहा कर दिया गया। दिलीप मन्डल 13 वर्ष बाद एवं बिलाल यादव साढ़े बारह वर्षों बाद ही उम्र कैद के मामले में जेल से छोड़ दिए गए।

इसी प्रकार और भी बहुत से कैदी 12 या 13 वर्षों की कैद के बाद ही उम्र कैद के मामलों में जेल से बाहर आ गए। जब इन्हीं मुकदमों के अन्य अभियुक्तों ने अपने साथियों की तरह ही 14 वर्ष से पहले छूटने का आग्रह जेल अधीक्षक से किया तो उनकी माँग को ठुकरा दिया गया।

इस भेदभाव से क्षुब्ध होकर रामबिहारी राय नामक कैदी ने अतिरिक्त सेशन जज के यहाँ एक याचिका दायर कर कोर्ट से आग्रह किया कि उसे भी अपने सह-अभियुक्त की तरह मियाद से पहले छोड़ दिया जाय।

कपिलदास राय, भूषण मंडल, फुलेना राय, भिखिशन राय, नित्यानंद चौधरी, कार्त्तिक रे, बीरेन्द्र कुमार, फिरो राय, सियाराम राय, हिरंगी राय, कनिक मंडल आदि ने राज्यपाल, कारा महानिरीक्षक एवं लीगल एड कमेटी को इस बाबत लिखा, पर उनकी ओर से कोई जवाब अभी तक नहीं आया।

एक तरफ तो कैदियों के पास सिर ढकने को यथोचित छत एवं पाँव तले साबुत एवं साफ फर्श नहीं था; भूख एवं प्यास मिटाने को पर्याप्त भोजन एवं पानी नहीं था; यथोचित शौचालय नहीं थे जहाँ वे जरूरत के वक्त शौच से निवृत्त हो सकें; चिकित्सक एवं दवाइयाँ नहीं थीं। वहीं दूसरी ओर पटना मंडल के कमिश्नर एवं कारा महानिरीक्षक के द्वारा पटना बेऊर जेल में डाले गए संयुक्त छापे में चारा घोटाले में कैद तीन विधायकों के कब्जे से 3 सेल्यूलर फोन, 1 टेलीविजन सेट, शराब की बोतलें तथा 3.44 लाख रुपये नगद पाए गए। बेऊर जेल में यह छापा तीसरी बार डाला गया

था। हर बार लगता था, ऐश्वर्य के सारे सामान जेल से बाहर निकाल दिए गए हैं एवं पुनः ऐसी बरामदगी नहीं होगी। पर ऐसा नहीं हुआ।

भाजपा के ध्रुव भगत, काँग्रेस के जगदीश शर्मा और जनता दल के आर. के. राणा--ये तीनों विधायक अक्टूबर, 96 से जेल में हैं।

हाल ही के एक छापे में ध्रुव भगत के पास से 2 लाख रुपये, जगदीश शर्मा के पास से 1 टी.वी. सेट, 2 सेल्यूलर फोन और 44,000 रुपये तथा आर.के. राणा के पास से एक सेल्यूलर फोन, 1 टी.वी. सेट, शराब की कई बोतलें, लोहा काटने की आरी और 3000/- रुपये नगद बरामद किए गए।

18 नवम्बर, 1996 के छापे में 2 रिवाल्वर भी बरामद किए गए। यह छापा जेल में दो गुटों के मध्य झड़पों के बाद डाला गया था। एक प्राथमिकी भी दर्ज कराई गई थी जिसमें 25 कैदियों को नामजद अभियुक्त बनाया गया था। उसी समय जेल महानिरीक्षक ने आश्वासन दिया कि स्थिति जल्द ही सामान्य हो जाएगी। फुलवारीशरीफ जेल से भी कुछ आपत्तिजनक चीजें बरामद हुई थीं और यह प्रश्न उठा था कि कैदियों को जेल के अंदर कैसे सुरक्षित रखा जाय। जेल अधिकारियों ने अपने ऊपर बिना किसी जिम्मेदारी के लिए स्पष्ट कर दिया था कि जेल की चहार-दीवारी कम ऊँची है और आग्नेयास्त्र उधर से ही आते हैं। हाल ही में कैदियों के दो गुटों के बीच झड़प की खबरें फिर प्रकाश में आई थीं। ये घटनाएँ राँची केन्द्रीय जेल तथा जमुई की थीं।

भेदभावपूर्ण व्यवहार की गिनती जितनी गिनाई जाय, कम है। भेदभाव भी ऐसा कि आत्मा मर जाय। रिपोर्ट में स्पष्ट रूप से कहा गया था कि सीतामढ़ी, सहरसा, भागलपुर, मुजफ्फरपुर, दरभंगा, समस्तीपुर, मधेपुरा, आरा तथा दक्षिण बिहार की सभी जेलों में कैदियों का खाना जानवर को दिए जाने वाले चारे से भी खराब है। जानवर भी मुँह मोड़ ले, ऐसा खाना होता है। लेकिन दिल दहला देने वाली खबर तो पिछले वर्ष आरा से आई, जहाँ उन्होंने कैदियों को खाने के लिए कुत्ते का मांस दे दिया था। वहीं दूसरी ओर धनी और प्रभावशाली कैदी जेल में स्वर्ग भोग रहे थे। वे सभी कुछ इतनी सहजता से पा रहे थे मानो यह सब पाना उनका नैसर्गिक अधिकार हो। कहीं कोई पत्ता नहीं हिल रहा था और वे गद्देदार बिस्तर, उम्दा भोजन, शराब और सुंदरियों से घिरे पड़े थे।

कभी-कभी जैसाकि आपने ऊपर भी देखा कि कुछ छापे पड़ जाया करते हैं। 25 फरवरी, 97 के दिन ऐसे ही एक छापे में आरा जेल से कुछ प्रभावशाली कैदियों के पास से शराब आदि जैसी ऐशो-आराम की चीजें बरामद

की गई थीं। जेल में ये लोग कुछ भी पा सकते थे जबकि गरीबों को कुछ नहीं मिलता था। इतना ही नहीं, गरीब कैदियों के नाम पर रजिस्टर में सामान की आपूर्ति की फर्जी प्रविष्टि की जाती थी। पहले भी विशेष आहार के नाम पर देसी घी, दूध तथा फल खरीदे जाते थे, लेकिन किसी भी साधारण कैदी को ये चीजें दी नहीं जाती थीं। नियमित रूप से राँची केन्द्रीय जेल में प्रत्येक महीने 150 किलोग्राम घी तथा हजारों लीटर दूध एवं सूखे मेवे खरीदे जाते थे और यह खरीदारी 1990 तक सभी जेलों में दिखाई गई थी, लेकिन यह सब महज कागजी था। पहले प्रत्येक बीमार कैदी के लिए एक दर्जन केले, आधा किलो घी, 10 लीटर दूध और 2 किलो फल खरीदने तक का कागज तैयार किया जाता था। यह तो एक तरह से पानी का नाक के ऊपर बहना था। सरकार ने पिछले कुछ वर्षों से यह सब देना बंद कर दिया। और जब विशेष भोजन की फर्जी खरीद बंद हो गई, तो अधिकारियों ने कमाने का दूसरा रास्ता निकाला। वे कैदियों को सामान बेचने लगे। अब सभी कुछ पैसे से प्राप्त किया जा सकता था–अच्छा भोजन, कपड़ा, सोने का स्थान, स्नानागार, टी.वी. सेट, फोन, यहाँ तक कि औरत भी। अधिकारियों द्वारा आगन्तुकों से बातचीत की अनुमति के लिए भी पैसे की माँग की जाती थी। वकालतनामा भरने के लिए भी धन की अदायगी करनी पड़ती थी यानी कि अब जेल के अन्दर व्यवस्था नहीं है, बाजार है और वही सब कुछ तय कर रहा है; यानी कि रोटी चुराने के अपराध में पकड़ा गया आदमी अंदर भी रोटी चुराने को बाध्य है; यानी कि किसी भी अपराधी का सुधर कर बाहर आना लगभग असंभव हो गया है।

बड़े अपराधियों के डर के मारे कर्मचारी कुछ नहीं कर पाते। फिर उन्हें धन का लालच भी कुछ करने से रोकता है। यह यूँही नहीं है कि जेल के अंदर डिश एन्टेना का प्रयोग धड़ल्ले से हो रहा है। भ्रष्टाचार ने जेल प्रशासन को अंदर से खोखला कर दिया है। साक्ची जेल का उदाहरण लीजिए। वहाँ 30 संगीन अपराधियों ने अपना एक गैंग बना लिया है और अपने वर्चस्व के लिए मामूली कैदियों की तो बात ही क्या, अधिकारियों तक से मार-पीट करते रहते हैं। यहाँ सभी कुछ अधिकारियों के नियंत्रण से बाहर है। निरीक्षण के दौरान वकीलों के सामने भी एक भारी लड़ाई हुई थी।

आरा जेल में जब इस तरह की दादागीरी और मारपीट की शिकायत अधिकारियों से की गई, तो वहाँ के सहायक जेलर ने तो हद कर दी। वह जानता था कि उसके वश में कुछ नहीं है। अत: उसने जेल-व्यवस्था को नियंत्रित करने के लिए बाहर से आनंद सिंह (कुख्यात अपराधी एवं नेता

दिलीप सिंह का भाई) नामक गुंडे को जेल में आमंत्रित किया।

वह सशस्त्र साथियों और वेश्या के साथ जेल में आया। भारी उत्पात मचा। उसने बंदूक हवा में लहराई और साथ ही घोषणा की, ''जेल हमारा है।'' मामूली कैदियों के लिए तो जेल सीधा नरक था। किसी भी बात पर कोई भी बड़ा अपराधी या अधिकारी उसे पीट सकता था। अगर वे न्यायिक अधिकारियों को इस आशय की कोई याचिका देना चाहते तो वह अधिकारियों द्वारा रोक ली जाती और इस बात के लिए पुनः उनकी पिटाई शुरू हो जाती। नवगछिया उप-जेल में बोक ठाकुर को अँगूठे का निशान लगाने की अनुमति इस आधार पर नहीं दी गई कि मामला बहुत प्रचारित हो गया था।

कुल मिलाकर यह कहा जा सकता है कि वहाँ पैसा न देने का अर्थ भुखमरी है, अनिद्रा है तथा खतरनाक बीमारियाँ हैं और कई बार मौत भी। और यह पैसा ही है जिसकी माया से क्षणभर में जेल पाँच सितारा होटलों में बदल जाती है। ऐसी रिपोर्ट अक्सर यहाँ आती रहती हैं। धनी एवं प्रभावशाली कैदी पैसे के बल पर सब कुछ हथिया लेते हैं–औरत, शराब, स्वादिष्ट भोजन, अच्छे कपड़े और किशोर वर्ग के लड़के तक। ये लोग जेल आते ही ऐशोआराम की चीज की माँग कुछ ज्यादा करते हमेशा पाए जाते हैं। दरअसल यहाँ इनके पास समय-ही-समय होता है, काम कुछ भी नहीं। इस कदाचार में जेल अधिकारियों की मिलीभगत तो रहती ही है, लेकिन राज्य सरकार का प्रोत्साहन एवं न्यायपालिका की लापरवाही भी रहती है।

जहाँ तक जेल अधिकारियों का सवाल है, वे कैदी तो क्या, कैदियों से मिलने आनेवाली महिला आगन्तुकों तक को नहीं छोड़ते। लेकिन उनके विरुद्ध कभी कोई कार्यवाही नहीं की जाती। बस, कभी किसी कारणवश बात बढ़ जाती है तो एक-आध कानून की चपेट में आ जाते हैं। बक्सर जेल के वार्डन महिला आगन्तुकों के साथ यौन-शोषण एवं हत्या के एक मामले में आज भी जेल में है।

हमारी न्याय व्यवस्था के तीन चरण हैं–

ओरिजनल कोर्ट, एपीलेट कोर्ट एवं रिवीजनल कोर्ट। और ऐसा माना गया है इन तीनों चरणों में कहीं-न-कहीं अगर मूल अदालत से कुछ छूट जाता है तो अपील की अदालत तथ्यों और कानून के आधार पर पुष्टि करती है कि क्या मूल अदालत का निर्णय सही था और कुछ मामले जो रिवीजन अदालत के समक्ष पहुँचते हैं तो वह कानून के आलोक में निचली

दोनों अदालतों के फैसलों की जाँच करती है।

अतः यथोचित एवं न्यायोचित फैसले के लिए कम-से-कम अपील तो अवश्य दायर की जानी चाहिए, लेकिन जेल में ऐसे कैदी भरे पड़े थे जिन्हें यह नसीब नहीं था। उनके पास पैसे नहीं थे। कानून कहता है कि प्रत्येक व्यक्ति को कानूनी सहायता अवश्य मिलनी चाहिए। कम-से-कम जेल अधिकारियों को इतना तो जरूर करना चाहिए कि वे मूल अदालत द्वारा दिए गए फैसले को अपील अदालत में दायर कर दें। लेकिन हमने देखा है कि न्याय पाने का यह महत्त्वपूर्ण तरीका अधिकारियों द्वारा नकार दिया जाता है। और इस प्रकार कैदी न्याय पाने के समान अवसर से वंचित हो जाते हैं।

कुछ जेलों का मुआयना

जमशेदपुर मंडल कारा : यहाँ 37 ऐसे सजायाफ्ता कैदी थे, जिन्हें एक से चार वर्ष की सजा हुई थी। पर वे फैसले की तारीख से यानी मई 1995 से अभी तक अपील अदालत का दरवाजा नहीं खटखटा पाए थे और न उनकी ओर से जेल अधिकारियों ने कभी ऐसा करने का मन बनाया था जबकि अपील दायर करने की सीमा अवधि केवल 60 दिन होती है। अतः सजा कम किए जाने या रिहा किए जाने के एक महत्त्वपूर्ण अवसर से ये लोग जेल अधिकारियों की लापरवाही से वंचित रह गए। महज इसलिए कि उनके पास अदा करने के लिए 500 रुपये नहीं थे। प्रोबेसन ऑफ ऑफेन्डर ऐक्ट के तहत ये रिहा हो सकते थे क्योंकि ये छोटे अपराधी थे पर किसी को इनकी परवाह नहीं थी। यह सब बड़ा कारुणिक था।

घागीडीह शिविर जेल : छोटे अपराधों में सजा सुनाए गए चार कैदियों की ओर से कभी जेल-अपील दायर नहीं हुई।

हजारीबाग जेल : यहाँ ऐसे कैदियों की संख्या 17 थी जिनकी ओर से जेल-अपील दायर नहीं की गई।

सराईकेला जेल : उम्रकैद की सजा भोग रहे कैदियों द्वारा भी कोई अपील दायर नहीं की गई थी और न इस संबंध में जेलकर्मी कभी हरकत में आए।

नौगछिया जेल : यहाँ एक कैदी पटवारी मंडल ने शिकायत की कि जेल-अधिकारी कभी कोई अपील दायर करने का प्रयास नहीं करते।

कमोबेश यही स्थिति हर जगह थी। लेकिन किसी को भी इतने आपराधिक ढंग से की गई कर्तव्यहीनता के लिए दोषी नहीं ठहराया गया

जबकि गरीब कैदियों को उनकी इस लापरवाही की कीमत अपनी जान गँवाकर चुकानी पड़ती थी।

यह तो सिक्के का एक पहलू है। एक दूसरा पहलू भी है। हम देखते हैं कि राज्य अपने अधिकारियों की ओर से, जो गलत, अवैध तथा द्वेषपूर्ण आदेश पारित करते हैं, हजारों अपीलें दायर करता है और साल भर में वकीलों पर करोड़ों रुपये खर्च करता है। ऐसे भी उदाहरण हैं जब राज्य-सरकार ने दिल्ली से वकील बुलाने का निर्णय लिया और उसे उचित भी ठहराया। सरकार ऐसे मामले में अन्य खर्चों के अलावा, जो बीस-पच्चीस हजार रुपये तक जाता है, एक लाख रुपये तक की फीस का खर्च भी सहर्ष उठाती है।

मानसिक असंतुलन एवं कानून

> एक व्यक्ति यदि अपराध करते वक्त अपने दिमागी असंतुलन की वजह से कोई अपराध कर देता है तो वह अपराध की श्रेणी में नहीं गिना जाएगा क्योंकि वह उस समय अपने द्वारा किए गए कृत्य से तथा इस बात से भी अनजान है कि वह कोई गलत या गैरकानूनी काम कर रहा है।
>
> **—भारतीय दंड संहिता**

ऐसी कई जेलें हैं, जहाँ पागल रखे जाते हैं। यदि वे जेल में लाए जाने वक्त पागल थे तो उन्हें जेल में नहीं रखा जा सकता था और अगर वे जेल में आने के बाद पागल हो गए, तो यह जानना आवश्यक हो जाता है कि किन वजहों से वे जेल में पागल हो गए। इन दोनों ही परिस्थितियों में पागल को जेल में नहीं वरन् पागलखाने में ही रखा जाना चाहिए; पर ऐसा होता नहीं। वे अक्सर गैरकानूनी तरीके से जेल में ही डाल दिए जाते हैं। ऐसा करने की जो वजहें बताई जाती हैं, वे हैं—उन्हें ले जाने के लिए सुरक्षाकर्मी नहीं हैं, गाड़ी नहीं है और अगर गाड़ी है तो पेट्रोल नहीं है। पर इन वजहों को बताने वाले एक पल के लिए भी यह नहीं सोचते कि उनके मानसिक असंतुलन का असर दूसरे स्वस्थ कैदियों पर भी पड़ सकता है। तथ्य इस

प्रकार है:

दरभंगा जेल : अन्य मानसिक रूप से स्वस्थ कैदियों के साथ एक बिरजू दास नामक पागल कैदी भी यहाँ पर था जेल डॉक्टर यहाँ जेल का दौरा नहीं करता एवं उसकी रिपोर्ट के बगैर बिरजू को मानसिक अस्पताल नहीं भेजा जा सकता।

हाजीपुर जेल : जेल में डाला गया हरदेव सिंह नाम का कैदी अधिवक्ता कमिश्नरों को मानसिक रूप से अस्वस्थ नजर आया।

हिलसा जेल : अशोक प्रसाद मानसिक रूप से अस्वस्थ है, पर उसे मानसिक अस्पताल नहीं भेजा जा सकता क्योंकि उसे ले जाने के लिए एस्कार्ट पार्टी नहीं थी।

फुलवाड़ी कैम्प जेल : इस जेल में तीन पागल कैदी थे।

चास सब जेल : इस जेल में चार पागल कैदी थे।

नवगछिया जेल : रजाई राम एवं पप्पू झा नाम के कैदी मानसिक असंतुलन के शिकार थे।

बाँका सब जेल : विद्या सागर नामक कैदी की मानसिक अवस्था कुछ खराब थी।

गोड्डा सब जेल : महिला कैदी माँझी मराण्डी की स्थिति अच्छी नहीं थी। वह मानसिक रूप से अस्वस्थ थी।

जेलों में बहुत से पागल कैद थे, इस खबर से चिंतित श्री रंगनाथ मिश्र जो कि भूतपूर्व सुप्रीम कोर्ट के जज एवं मानवाधिकार आयोग के अध्यक्ष रह चुके हैं, ने सभी राज्य एवं संघीय सरकारों को 31 अक्टूबर, 1996 से पहले उन कैदियों को मानसिक अस्पताल भेजने का आदेश दिया था।

श्री रंगनाथ मिश्र ने सभी मुख्यमंत्रियों को अवगत कराया कि 'मेन्टल हेल्थ एक्ट' जो कि 1 अप्रैल, 1993 से लागू है, के अनुसार मानसिक रूप से अस्वस्थ व्यक्तियों को जेल में रखना गैरकानूनी है। मुख्यमंत्रियों से आग्रह करते हुए कहा गया कि वे इस आशय का पत्र अपने-अपने राज्य के कारा-महानिरीक्षकों को भेज दें। बिहार सरकार को भी कहा गया कि मुख्यमंत्री राज्य के कारा-महानिरीक्षक, जेलों के अधीक्षक एवं वहाँ के कर्मचारियों को इस कानून के बारे में समुचित जानकारी दे दें। इस कानून के अनुसार और सर्वोच्च न्यायालय के कई फैसलों के आधार पर यह तय है कि एक पागल अभियुक्त की श्रेणी में नहीं आता। अत: न्यायालय में उस पर कोई मुकदमा नहीं चल सकता। जब वह अभियुक्त ही नहीं है तो जेल में उसे रखा जाना गैरकानूनी है।

यदि इस कानून की और मानवाधिकार आयोग की अनुशंसाओं का पालन किया जाय तो पूरे देश में सैकड़ों पागल जेल से रिहा होंगे और मानसिक अस्पतालों में इलाज करवा पाएँगे। उनके बारे में इस तरह की लापरवाही हमारे समाज पर भी एक सवालिया निशान लगाती है कि कहीं हमारे अंदर मानवता का स्रोत सूख तो नहीं गया है? यह एक मानसिक समस्या है जिसका इलाज ही उसका निराकरण है। इन्हें जेल में रखने के लिए जिम्मेदार अधिकारी न्यूनतम मानवीय संवेदनाओं से भी शून्य हो गए हैं, ऐसा लगता है।

वकील अपना हिस्सा वसूलते हैं

कानून गरीब को पीस डालता है जबकि अमीर कानून पर हुक्म चलाते हैं।

–गोल्ड स्मिथ

अगर कुछ अपवादों को छोड़ दिया जाय तो यह निश्चित रूप से कहा जा सकता है कि कानूनी सहायता परिषद् अनेक मामलों में मुकदमा दायर करने की बजाय, वे शिकायतें जो पत्र के माध्यम से कैदियों द्वारा उन्हें भेजी जाती थीं, महानिरीक्षक, कारा को सौंप देते थे ताकि वे 'उचित कार्यवाही' कर सकें। कोई भी अन्दाजा लगा सकता है कि यह 'उचित कार्यवाही' क्या है? कैदियों की मुश्किलें और क्या? कई बार तो उन्हें जान से हाथ धोने तक की नौबत आ जाती है। कानूनी सहायता परिषद् के समक्ष 'त्राहिमाम्' की गुहार लगाने के तुरंत बाद उस कैदी की मृत्यु हो जाती है। यह खबर किसी तरह डिपार्टमेंट के माध्यम से मुझ तक भी पहुँची लेकिन मेरे लिए इसका प्रमाण जुटाना मुश्किल था, जबकि मैं यह जानती थी कि उसे मारा गया है। उसे शायद अपने मारे जाने की योजना का पता चल गया था, और यहीं वह गलती कर बैठा। उसने इस बात की खबर कानूनी सहायता परिषद् तक

पहुँचा दी। नहीं तो शायद उसके खिलाफ इतनी जल्दी 'उचित कार्यवाही' नहीं की जाती।

कानूनी सहायता परिषद् की जितनी 'तारीफ' की जाय, कम है। खुद को 'प्रेशर ग्रुप' की तरह काम करने का दावा करते-करते यह बिचौलिए का रूप धारण कर बैठा है। जब भी मैं किसी मुद्दे पर अदालत से आदेश निर्गत करने का अनुरोध करती, तभी परिषद् का कोई सदस्य चीख पड़ता, "अधिकारियों को इस बाबत लिखा जा चुका है। उन्होंने उचित कार्यवाही करने का आश्वासन भी दिया है।" मैं आश्चर्यचकित रह जाती।

काफी समय के बाद जब मामला दूसरी पीठ के समक्ष पहुँचा तो मैंने कुछ अन्य मुद्दे उठाए जिसका संबंध लोक स्वास्थ्य विभाग और लोक जल विद्युत विभाग से नहीं था, जिसको लेकर कानूनी सहायता परिषद् के वकील हमेशा ही कुछ ज्यादा उत्साहित दीखते थे। मैंने बहसों के दरमियान अदालत से अनुरोध किया कि जो मुख्य मुद्दे हैं, पहले उनका निबटारा कर दिया जाय फिर अन्य मुद्दे, जो कि उतने जरूरी नहीं हैं, को उठाया जाय। मैंने कोर्ट से अनुरोध किया कि वह मेरे 'सिनाप्सिस' को देखें जो तथ्यों पर आधारित था और जो लगभग सौ पृष्ठों में था और जिसे मैं पहले ही मिस्टर जस्टिस रंगनाथ मिश्र, पूर्व अध्यक्ष मानवाधिकार आयोग को समर्पित कर चुकी थी। और फिर उसके अनुसार ही कोई आदेश पारित करें। कोर्ट ने आश्वासन दिया कि वे इसे पढ़ेंगे। हालाँकि इस बीच सरकारी वकील और कानूनी सहायता परिषद् के वकील भारी शोर-शराबा करते रहे।

केस की अगली तारीख के दिन ठीक दस बजे मेरे पास एक व्यक्ति का फोन आया जिसने खुद को दूरदर्शन समाचार से जुड़ा बताया। उसने धमकी देते हुए कहा कि अगर मैं इस केस को तुरन्त नहीं छोड़ देती हूँ तो मुझे बरबाद कर दिया जायगा और मेरी छवि को पूरी तरह ध्वस्त। उसने कुछ अश्लील शब्दों का भी इस्तेमाल किया और दोहराया कि मैं भूल कर भी कोर्ट में उपस्थित न रहूँ। मैं समझ रही थी कि वह यह सब यूँही नहीं बक रहा है। फिर भी मैंने जवाब दिया कि मेरे पीछे कोई भी आँसू बहाने वाला नहीं है। और तब मैंने निर्णय लिया कि किसी भी कीमत पर मैं यह मुकदमा नहीं छोड़ूँगी। फोन की घटना से उत्पन्न तनाव से जूझती हुई मैं कोर्ट पहुँची। कानूनी सहायता परिषद् के वकील पहले से तैयार बैठे थे। उन्होंने मुकदमा खुलते ही कोर्ट से कहा-"निम्न न्यायपालिका को चिट्ठी हम लोगों ने भेज दी है कि वे उन कैदियों को छोड़ दें जो भिन्न-भिन्न कारणों से छोड़े जाने योग्य हैं।" कोर्ट ने कहा-"आपके पत्र पर वे कैसे

छोड़े जा सकते हैं। वे लोग तो सिर्फ तभी छोड़े जा सकते हैं, जब कोर्ट कोई न्यायायिक आदेश पास करे या फिर प्रशासनिक आदेश।'' कोर्ट ने इस बार लोकल परिषद् के बजाय बिहार के तमाम जिला जजों को निर्देश दिया कि वे उन प्रश्नावलियों के आधार पर, जो मेरे द्वारा तैयार की गई थीं, अपने-अपने अधीनस्थ सारी जेलों का निरीक्षण करें और फिर अगली सुनवाई के लिए 21 जुलाई, 1997 तय की।

मुझे यह कहना पड़ रहा है, इसलिए नहीं कि मुझे जो परेशानियाँ उठानी पड़ीं वह कहीं से भी दूसरों का ध्यान खींचे, बल्कि मैं यह सब इसलिए कह रही हूँ कि लोग समझें कि एक वकील के लिए भी यह कितनी बड़ी मुसीबत का सबब बन सकता है अगर वह गरीब और असहाय लोगों को न्याय दिलाने का संकल्प कर बैठता है। हो सकता है, कोई वकील समय का मारे किसी व्यक्ति के लिए कोर्ट से न्याय पाने में सफल हो जाय लेकिन जब वह किसी वर्ग के हित से जुड़े किसी महत्त्वपूर्ण मुद्दे को उठाता है तब कोर्ट खुद को काफी असुविधाजनक स्थिति में पाता है। इस मामले में भी कोर्ट ने मुझसे कई बार कहा कि आप सभी की तरफ से अलग-अलग मुकदमा दायर करें या मुकदमा छोड़ दें। एक अकेला वकील इन परिस्थितियों में आखिर क्या कर सकता है! यह इतना सरल नहीं था कि सबकी ओर से अलग-अलग मुकदमा दायर किया जाय। कानूनी सहायता परिषद् यह सब कर सकती थी लेकिन यह या इसकी तरह की दूसरी संस्थाएँ बिचौलिया होकर रह गई हैं। यह और बात थी कि वे अपनी पत्रिका 'लीगल एड एंड एडवाइस' में बड़े निश्शंक भाव से इस बात का दावा ठोंकते थे कि वे प्रशासन पर 'प्रेशर ग्रुप' की तरह काम करते हैं।

कोर्ट भी काफी हद तक कैदियों के उद्धार के लिए पी. एच. डी., पी. एच. ई. डी., ऊर्जा और भवन विभाग तक खुद को केन्द्रित किए हुए था। यह कहीं से भी खुशी की बात नहीं थी। जाँच-रिपोर्ट से यह स्पष्ट था कि पिछले दस-बारह वर्षों से विभागों ने कुछ भी नहीं किया था, जबकि सरकार ने कई योजनाओं के अंतर्गत रुपये मुहैया कराए थे। ये विभाग शुरू से ही भ्रष्टाचार और लूट के लिए कुख्यात थे। इन विभागों द्वारा दायर एसेसमेंट रिपोर्ट से यह ज्ञात होता था कि उन्हें 5 करोड़ रुपये स्वीकृत किए गए थे। विभिन्न जेलों द्वारा दायर रिपोर्ट को देखकर यह पता चलता था कि वे कितने परस्पर विरोधी, गलत और लापरवाही से तैयार की गई थी।

घागीडीह उप-जेल (जेल विभाग-की रिपोर्ट) का पहला पन्ना कहता था कि वहाँ फिलहाल सिर्फ 195 बंदी हैं जबकि जेल की क्षमता

200 बंदियों को रखने की है। इसका मतलब कि वहाँ क्षमता से अधिक कैदी नहीं थे जबकि उसी रिपोर्ट में संलग्न चार्ट कहता था कि वहाँ 275 बंदी हैं।

भागलपुर जेल से संबंधित रिपोर्ट कहती थी कि जेल की क्षमता 3,228 कैदियों की है लेकिन वह कैदियों की संख्या सिर्फ 943 है, जबकि चार्ट कहता था कि वहाँ कुल कैदियों की संख्या 1725 है जिसमें पुरुष 943, महिला 0।

रिपोर्ट आगे कहती थी कि जेल में पानी पाने के स्रोतों की संख्या 19 है जबकि संलग्न-चार्ट कहता था कि वहाँ 11 हैंडपंप और 3 कुएँ हैं।

जमुई उप जेल के बारे में जेल-विभाग का कहना था कि वहाँ क्षमता 158 कैदियों की थी, लेकिन वहाँ बंदियों की संख्या 428 थी, जबकि चार्ट के अनुसार वहाँ पर 355 बंदी थे। इस तरह से 76 जेलों की रिपोर्ट दायर की गई थी जिसे जेल विभाग ने तैयार किया था और जिसके नीचे महानिरीक्षक-कारा का हस्ताक्षर था। लेकिन ये सारी रिपोर्ट काल्पनिक जान पड़ती थी और अपने मद में अधिक धन प्राप्त करने के उद्देश्य से तैयार की गई लगती थी। वकीलों की जाँच-रिपोर्ट स्पष्ट रूप से इस बात का खुलासा करती थी कि यह विभाग आखिर किस तरह काम करता रहा है! 1989-94 में लोहरदगा जेल में पानी की टंकी, मोटर पाइप हेतु एक लाख चौंसठ हजार रुपये पी. एच. ई. डी. को दिए गए थे, लेकिन पी. एच. ई. डी. ने सिर्फ टंकी बना कर छोड़ दी। न मोटर पम्प लगाया और न पाइप ही बिछाई। सारा बचा पैसा असैनिक विभाग के खाते में डाल दिया गया।

बहरहाल, उच्च न्यायालय यह अच्छी तरह से महसूस कर रहा था कि जेल विभाग द्वारा तैयार की गई रिपोर्ट अस्पष्ट थी यहाँ तक कि गलत भी। अत: उच्च न्यायालय ने सभी जिला जजों को निर्देश दिया कि वे खुद जाँच करें तथा 21 जुलाई, 97 तक अपनी रिपोर्ट सौंप दें।

लगता है, सरकारी विभागों ने कुछ ऐसे दक्ष लोग तैयार किए हैं जो बड़ी आसानी से दस्तावेजों में हेरा-फेरी कर देते हैं या नया दस्तावेज तैयार कर लेते हैं। उच्चतम न्यायालय ने कई मौकों पर इस बात को लेकर सरकार की खिंचाई की है, लेकिन इससे स्थिति में कोई खास सुधार नहीं हुआ।

विभाग और अदालतें दोषी अधिकारियों का तबादला करके यह समझती थीं कि उनकी जिम्मेवारी समाप्त हो गई। भ्रष्ट और लापरवाह चिकित्सा पदाधिकारियों और जेल अधिकारियों को इस तरह से तबादला करके दंडित किया जाता था अगर वे हत्या जैसे अपराध में लिप्त हों। तब

भी यह तरीका उन पदाधिकारियों को और भी दुस्साहसी बनाता था और वे स्थानान्तरित जगह पर और भी जमकर कुकर्म करते थे।

यहाँ तक कि निम्न न्यायपालिका भी महसूस करने लगी थी कि मामलों के निष्पादन के लिए उपलब्ध संसाधनों से कुछ ज्यादा की जरूरत है। जहानाबाद व्यवहार न्यायालय के एक मैजिस्ट्रेट ने कहा, "यहाँ लगभग दस हजार फौजदारी एवं दिवानी के मामले लम्बित हैं। पर्याप्त कर्मचारियों की कमी है, पुलिस का रवैया सहयोगात्मक नहीं है, और वकील भी तारीखें लेते रहते हैं। पुलिस कभी भी समय पर चार्जशीट नहीं जमा करती। और सिर्फ इसी वजह से हजारों मामले लम्बित पड़े हुए हैं। अगर एक बार Prosecution शुरू हो जाता है तो पुलिस समझती है कि मामले को अंतिम रूप देने का काम अब कोर्ट का है। लेकिन वास्तव में यह पुलिस का दायित्व है कि वह समय पर गवाहों को प्रस्तुत करे और अपने पक्ष की दलील कायदे से रखे, ताकि मामले का सहजतापूर्ण निष्पादन हो सके। कई नए कोर्ट भी बनाए गए हैं लेकिन सरकार ने अभी तक न तो पर्याप्त धन-राशि ही मुहैया कराई है और न वहाँ कोई कर्मचारी ही दिया गया है। Stand और न्यायकक्ष की संख्या सिर्फ आठ हैं। परिणामस्वरूप नए बनाए गए कोर्ट बरामदा वगैरह घेर कर चलाए जाते हैं। यहाँ मुवक्किलों के लिए किसी प्रकार की कोई सुविधा नहीं है जैसेकि इंतजार करने के लिए हॉल, शौचालय आदि। इसके अतिरिक्त रिकार्ड रूम, कोर्ट, हाजत, मालखाना, गवाहों के लिए हॉल की भी पर्याप्त सुविधा नहीं है।"

अभी हाल ही में कुछ खास लोगों का एक दल अंडमान एवं निकोबार में अवस्थित जेल का मुआयना करने गया था। उस दल के एक सदस्य जिनका नाम वाई. के. सुदर्शन था, बिहार के थे। जब वे सेलुलर जेल पहुँचे तो उनके सामने कैदियों को दी जानेवाली यातनाओं की तस्वीर एकदम साफ होकर उभर आईं क्योंकि यातनाओं के वे तमाम निशान आज भी मिटाए नहीं गए थे। उन्होंने चिह्नित किया कि वहाँ जेल में 5 फीट × 10 फीट के सौ से भी ज्यादा कोठरियाँ थीं। हर कोठरी में लोहे का एक मजबूत दरवाजा था। छत से सटी छोटी सी एक खिड़की थी। पूरी जेल में कहीं कोई स्नानागार नहीं था। कोई शौचालय भी वहाँ नहीं था।

वहाँ वीर सावरकर की एक तस्वीर थी। उन्हें जंजीरों में जकड़ा दिखाया गया था। तब उन्होंने उस दृश्य की कल्पना करने को कहा जिसमें एक बँधे आदमी को बेरहमी से पीटा जा रहा हो जब तक कि वह बेहोश न हो जाए, उसके बदन से खून न बहने लगे। दूसरे लोगों को अपने साथी

कैदियों की इस दशा का दृश्य देखने के लिए मजबूर किया जाता था ताकि वे राष्ट्रीयता की बात सोच भी न सकें। इतना कहते हुए डॉ॰ सुदर्शन की आवाज अवरुद्ध हो गई। इस जगह को शायद इसलिए 'कालापानी' कहा जाता था क्योंकि यहाँ चारों ओर कुछ भी नहीं था सिवाय समुद्र के, खारे पानी के और समुद्र तक जाने का हर रास्ता बीहड़ जंगलों से भरा था। यहाँ से भागे हुए कैदी या ऐसे ही जेल से निकाले गए कैदी या तो उन्हीं जंगलों के जहरीले फल खाकर मरते थे या फिर खारा पानी उन्हें मार देता था। वे भूखे-प्यासे दम तोड़ देते थे।

डॉ. सुदर्शन ने बातचीत के क्रम में ही एक प्रस्ताव रखा कि हमारे विधायकों को चाहिए कि वे चुने जाने के तुरंत बाद वहाँ का दौरा करें ताकि वे जान सकें और याद कर सकें कि हमें स्वतंत्रता कैसे मिली और राष्ट्रीयता क्या होती है। यह प्रस्ताव जेल के यात्रा-वृत्तांत के साथ राज्य के प्रमुख दैनिक में छपा था लेकिन इस प्रस्ताव को न तो स्वीकार किया गया, न खारिज। इस पर बहस चलाने की भी कोई जरूरत सरकार ने नहीं समझी। यह हमारे विधायकों के लिए वास्तव में एक अच्छा सुझाव है। लेकिन मेरा विश्वास है कि अगर डॉ. सुदर्शन बिहार की जेलों का दौरा करते तो यह बात समझते उन्हें देर नहीं लगती कि यातना के जिस कठोरतम रूप के चिह्न वहाँ उन्होंने देखे, वे वास्तव में कुछ भी नहीं थे। बिहार की जेलों में दी जाने वाली यातनाओं के सामने यातना का बड़े-से-बड़ा रूप भी आज इतना आम और घरेलू हो गया है, जैसे फिल्म या किसी टीवी सीरियल का दृश्य। स्वतंत्रता-सेनानियों को दी जानेवाली यातनाओं की कहानियाँ हमारे विधायकों को छूने में आज सर्वथा असफल हैं।

हत्याएँ या मौत

> हमारी साँसों में प्रार्थना करने तक की हिम्मत न थी, और न ही अपने गमों को प्रकट करने को कुछ था; हमारे अंदर कुछ मर गया था और जो मरा था, वह आशा थी।
>
> –आस्कर वाइल्ड

भागलपुर शिविर जेल का निरीक्षण वकीलों के एक दल द्वारा किया गया था। चार कैदियों ने वकीलों के दल को एक पत्र दिया जिसमें जेल अधिकारियों द्वारा हत्या की आशंका जताई गई थी। उन्हें जेल से बाहर पैरों में बेड़ियाँ बाँधकर कार्य करने के लिए विवश किया जाता था। पत्र पर दिनांक 18 जून, 1996 को जितेन्द्र कुमार सिंह, महेश प्रसाद, राजकुमार यादव तथा राजेन्द्र शर्मा ने हस्ताक्षर किए थे। इस पत्र पर कोई कार्यवाही नहीं की गई और जितेन्द्र की हत्या 9 जुलाई 1996 को जेल अधिकारियों द्वारा कर दी गई।

जितेन्द्र कुमार की मृत्यु का समाचार स्थानीय दैनिक में 24 अगस्त, 1996 को प्रकाशित हुआ था और तब कानूनी सहायता परिषद् द्वारा जितेन्द्र कुमार के वारिसों को मुआवजा देने के लिए केस दायर किया गया।

अदालत ने जितेन्द्र के सगे-संबंधियों को एक लाख रुपये मुआवजा देने का फैसला किया तथा कानूनी सहायता परिषद् को याचिका दायर करने का सराहनीय कार्य करने पर 5,000 रुपये पुरस्कार। लेकिन शेष तीन कैदियों के विषय में कोई आदेश पारित नहीं किया गया। इसके अतिरिक्त कैदियों के पैरों में बेड़ियाँ डालकर जेल के बाहर कार्य करने के विषय में भी कोई आदेश अदालत द्वारा पारित नहीं किया गया था।

बिहार जेल नियमावली जेल अधिनियम, 1894 तथा जेल अधिनियम, 1901 जैसी दो दस्तावेजों के आधार पर तैयार की गई है। इस किताब में आगन्तुकों की सूची, भोजन, कपड़ा, चिकित्सा सुविधा आदि के विषय में बहुत से नियमों का उल्लेख है लेकिन इन नियमों का अनुपालन नहीं किया जाता। नियमावली केवल जेल की अल्मारियाँ सुशोभित करने के लिए हैं। इसी प्रकार जेल की पत्रिका (मुक्ति) में जेल महानिरीक्षक का बयान है। इस पत्रिका के मार्च, 1995 के अंक में कहा गया है कि उन स्थितियों में, जिनका वर्णन मेरी टायलर ने अपनी पुस्तक 'भारतीय जेलों में पाँच साल' में किया है, अब सुधार हुआ है। इसे 'प्रताड़ना गृह' का नाम ठीक ही दिया गया था। अब मानवाधिकार आयोग के सुझावों के अनुसार हमें कैदियों को सभी सुविधाएँ प्रदान करनी हैं और हम आशा करते हैं कि हम 'प्रताड़ना गृह' की पुरानी छवि बदल सकेंगे। लेकिन तथ्य इसके विपरीत है :

1. **रविन्द्र सिंह :** रविन्द्र सिंह जिसकी आयु लगभग 40 वर्ष थी, 13 सितंबर, 1995 को जेल आया और नव वर्ष के दिन जब अन्य कैदियों ने उसे जागने के लिए कहा तो वह बेहोश पाया गया। उसे उसी दिन अस्पताल के चिकित्सकों द्वारा मृत घोषित किया गया।

2. **खुदिया मुंडा :** आयु 70 वर्ष, केन्द्रीय जेल राँची। 19 दिसम्बर, 1995 को उसे अस्पताल में भर्ती किया गया। वह 26 जनवरी, 1996 को गणतंत्र दिवस पर बेहोश हो गया था। उसे स्थानीय नागरिक अस्पताल में भेजा गया, जहाँ वह शीघ्र मर गया। मृत्यु का अन्य विवरण प्राप्त नहीं।

3. **कपिलदेव राय :** आयु 65 वर्ष, 3 फरवरी, 1996 को केन्द्रीय जेल बक्सर में आया। जेल अधिकारियों ने बताया कि दाखिले के समय कैदी ने हमले अथवा अन्य किसी चीज की शिकायत नहीं की। जेल पहुँचने के दूसरे दिन 4 फरवरी, 1996 को उसने छाती में दर्द की शिकायत की। जब उसे अस्पताल ले जाया गया तो उसे मृत घोषित कर दिया गया। कैदी के परिवारजनों ने अधिशासी दंडायुक्त को बताया कि मृतक को

पुलिस स्टेशन में प्रभारी अधिकारी ने पीटा था। पोस्टमार्टम रिपोर्ट के अनुसार मौत का कारण पेट पर भारी दबाव तथा अन्य चोटें थीं।

4. **बुतन राम** : आयु 75 वर्ष। केन्द्रीय जेल बक्सर में बंद। 28 दिसम्बर, 1996 को उसे पटना मेडिकल कालेज अस्पताल में भेजा गया जहाँ वह दो सप्ताह बाद मर गया। मृत्यु का कारण बुढ़ापा तथा निरन्तर बीमारी बताया गया।

5. **मोहन रवि दास** : आयु 48 वर्ष। उसे 16 दिसम्बर, 1995 को फुलवारी शरीफ शिविर जेल में रखा गया था। 25 जनवरी, 1996 को उसने पेट में दर्द की शिकायत की। उसका जेल डॉक्टर द्वारा उपचार किया गया जबकि उसे पटना मेडिकल कालेज अस्पताल में भेजने का सुझाव दिया गया था। लेकिन उसे वहाँ नहीं भेजा गया। पुनः जेल डॉक्टर ने उसे पटना मेडिकल कालेज अस्पताल में ले जाने के लिए कहा जहाँ 25 जनवरी, 1996 को उसे मृत घोषित दिया गया।

6. **राज महल राम** : आयु 35 वर्ष। सिवान जेल में 2 फरवरी, 1996 को प्रविष्ट। अगले दिन वह मर गया। ऐसा कहा जाता है कि जेल में प्रविष्टि के समय वह खूनी पेचिश से ग्रसित था। उसे अस्पताल भेजा गया जहाँ उसे मृत घोषित किया गया।

7. **देव नारायण दूबे** : आयु 60 वर्ष। केन्द्रीय जेल बक्सर में रखा गया। 13 नवंबर, 1995 को उसका उपचार किया गया। उसे 23 जनवरी, 1996 को पटना मेडिकल कालेज अस्पताल में भेजा गया। 27 जनवरी, 1996 को उसे मृत घोषित कर दिया गया। वह क्षयरोग, पीलिया तथा एनीमिया का रोगी था।

8. **श्याम मिश्र** : उसे केन्द्रीय जेल भागलपुर में रखा गया था। वह पेट के अल्सर का रोगी था। वह बहुत कमजोर था। गहन देखरेख कक्ष में उसे पहली फरवरी, 1996 को दाखिल किया गया था, जहाँ 13 फरवरी, 1996 को वह मर गया (रिकार्ड में आयु नहीं दी गई थी)।

9. **भुट्टो टूड्डू** : आयु 70 वर्ष। वह केन्द्रीय जेल हजारीबाग में 4 जुलाई, 1995 को आया। वह बहुत कमजोर था और रक्त की कमी से ग्रसित था। 24 जनवरी, 1996 को वह अस्पताल भेजा गया था। जहाँ वह 6 मार्च, 1996 को मर गया।

10. **सिमरा उराँव** : आयु 60 वर्ष। वह क्षय रोगी था जो केन्द्रीय जेल राँची में रखा गया था। वह 28 फरवरी, 1996 को अस्पताल भेजा गया था। जहाँ 5 मार्च, 1996 को वह मर गया।

11. **रामदुलार यादव :** आयु 55 वर्ष। भभुआ उप-जेल में रखा गया। उसे जेल में 5 फरवरी, 1996 को दाखिल किया गया था। वह 10 मार्च, 1996 को मर गया।

12. **हरिहर नोनिया :** आयु का उल्लेख नहीं। केन्द्रीय जेल बक्सर में 24 फरवरी, 1996 को दाखिल। वह 17 मार्च, 1996 को मर गया। पोस्टमार्टम रिपोर्ट के अनुसार वह पीलिया से ग्रसित था।

13. **लखन सोरेन :** यह कैदी उप-जेल घाट शिला में 23 फरवरी , 1996 को दाखिल किया गया। जेल में प्रविष्टि के दौरान वह बीमार था। 11 मार्च, 1996 को वह मर गया। मृत्यु का कारण क्षय रोग बताया गया।

14. **अरुण कुमार :** आयु 35 वर्ष। बिहार शरीफ जेल में रखा गया। उसे जेल में 3 फरवरी, 1996 को दाखिल किया गया और 23 फरवरी, 1996 को वह मर गया। कहा जाता है कि दाखिले के समय वह बीमार था। वह क्षय रोग का रोगी था।

15. **चन्द्रमा सिंह :** आयु 56 वर्ष। मंडल जेल छपरा में 11.3.96 को दाखिल किया गया। दो दिन के बाद बीमार हो गया और 29 मार्च, 1996 को वह मर गया। उसे यकृत से संबंधित कोई बीमारी थी।

16. **कामेश्वर :** आयु 25 वर्ष। डालटनगंज जेल में रखा गया। वह 4 अप्रैल, 1996 को मर गया। उसकी जेल में प्रविष्टि की तिथि वर्णित नहीं थी।

17. **प्रदीप पासवान :** आयु 22 वर्ष। गढ़वा उप-जेल में रखा गया। वह 15 अप्रैल, 1996 को मरा। उसकी जेल में प्रविष्टि की तारीख नहीं दर्शाई गई है।

18. **गैंडो गंजू :** आयु 55 वर्ष। 2, फरवरी, 1996 को केन्द्रीय जेल हजारीबाग में दाखिल। 22 अप्रैल, 1996 को मृत्यु। 18 अप्रैल, 1996 को कैदी की हालत गंभीर हो गई जिससे वह उबर नहीं सका तथापि मृत्यु का कारण नहीं दिया गया है।

19. **भीम पांडेय :** केन्द्रीय जेल बक्सर में रखा गया। आयु 85 वर्ष। 20 दिनों तक उपचार किया गया, लेकिन 1 मई, 1996 को मर गया।

20. **कलाम सोनेयू :** आयु 40 वर्ष। 15 अप्रैल, 1996 को उप-जेल पाकुर में दाखिल किया गया। वह जेल में दाखिले के दौरान घायल हो गया। 19 अप्रैल, 1996 को मर गया। इन्क्वेस्ट रिपोर्ट में उसे 14 अप्रैल, 1996 को घायल दिखाया गया है। पोस्टमार्टम रिपोर्ट में मृत्यु का कारण सिर की चोट था।

21. **रामलाल उराँव :** आयु 35 वर्ष। उप-जेल लातेहार में

4 अक्टूबर, 1995 को दाखिल किया गया। 18 अप्रैल, 1996 को वह बीमार हुआ। 21 अप्रैल, 1996 को वह खूनी पेचिश का शिकार हुआ। 23 अप्रैल, 1996 को मर गया।

22. **रामदेव सिंह :** आयु 60 वर्ष। जमशेदपुर जेल में 26 जुलाई, 1995 को दाखिल। उसे पीठ दर्द और एसिडीटी की शिकायत हुई। 4 अप्रैल, 1996 को वह बेहोश हो गया। 7 अप्रैल, 1996 को वह मर गया। मृत्यु का कारण मैनिनजाइटिस या इनसिफलाइटिस था।

23. **जोन लकरा :** आयु 60 वर्ष। केन्द्रीय जेल राँची में 31 अगस्त, 1995 को दाखिल। 6 अप्रैल, 1996 को बीमार हुआ। 28 अप्रैल, 1996 को मर गया। मृत्यु का कारण मस्तिष्क ज्वर कहा जाता है।

24. **विलम माँझी :** आयु 60 वर्ष। केन्द्रीय जेल हजारीबाग में 15 दिसम्बर, 1995 को दाखिल। खूनी पेचिश एवं रक्त-क्षीणता का शिकार। 16 मई 1996 को मर गया।

25. **काली रजवार :** आयु 65 वर्ष। केन्द्रीय जेल गया में 2 नवंबर, 1996 को दाखिल। 20 मई, 1996 को वह खाना खाते हुए बेहोश हो गया। वह उसी दिन मर गया। मृत्यु का कारण हृदय-गति रुक जाना बताया गया।

26. **केदार होशार :** आयु 45 वर्ष वह 10 जून, 1996 को मरा। इन्क्वेस्ट रिपोर्ट के अनुसार वह क्षय रोग का रोगी था। पोस्टमार्टम में उसकी मृत्यु हृदय-गति रुक जाने से बताई गई।

27. **लखन कंगूरी :** आयु 70 वर्ष। मंडल जेल चाईंबासा में 8 दिसम्बर, 1995 को दाखिल। वह दाखिले के समय ही बीमार था। वह 5 जून, 1996 को मर गया।

28. **टाँगा सावन :** आयु 65 वर्ष। 24 मई, 1996 को मंडल जेल जमशेदपुर में दाखिल। उसकी मृत्यु 15.6.96 को हो गई।

29. **लेदवा पहाड़िया :** आयु 75 वर्ष। 15 अक्टूबर, 1995 को मंडल डालटनगंज में दाखिल। 20 जून, 1996 को मर गया।

30. **सुश्री कमला हलवादान :** आयु 75 वर्ष। केन्द्रीय जेल गया में 5 जून, 1996 को दाखिल। 11 जुलाई, 1996 को मर गई। ऐसा कहा जाता है कि वह दमा की पुरानी मरीज थी और चल-फिर नहीं सकती थी।

31. **सीताराम हाजरा :** आयु 62 वर्ष। हृदय रोग का रोगी। 15 जुलाई, 1996 को वह बीमार हो गया और शीघ्र मर गया।

32. **दिलीप कुमार :** 26 अगस्त, 1996 को सासाराम जेल में संदिग्ध परिस्थितियों में मृत्यु हुई।

33. **परमेश्वर पासवान :** 17अगस्त, 1996 को बिहार शरीफ जेल में संदिग्ध परिस्थितियों में मृत्यु हुई।

34. **खुखू माँझी :** केन्द्रीय जेल हजारीबाग में 23 अगस्त, 1996 को संदिग्ध परिस्थितियों में मृत्यु हुई।

35. **मथुरा भोड्डा :** आयु 78 वर्ष। 21 अक्टूबर, 1995 को केन्द्रीय जेल गया में प्रवेश। मृत्यु 4 मई, 1995 को जब कि वह अचानक गिर पड़ा था।

36. **रक्षा सिंह :** आयु 60 वर्ष। केन्द्रीय जेल गया में 12 मई, 1995 को दाखिल। 4 जून, 1995 को मृत्यु। मृत्यु कारण ज्ञात नहीं।

37. **चुन्नी माँझी :** आयु 70 वर्ष। केन्द्रीय जेल राँची में 28 जुलाई, 1995 को मर गया।

38. **विश्वनाथ मुंडा :** आयु 28 वर्ष। केन्द्रीय जेल राँची में 27 जुलाई, 1995 को दाखिल और 29 जुलाई, 1995 को मृत्यु। अधिकारियों का कहना था प्रविष्टि के समय ही उसे दर्द, सोजिश और चोट लगी थी। पोस्टमार्टम नहीं किया गया। 50,000 रुपये का मुआवजा परिवार के सदस्यों को स्वीकृत किया गया।

39. **बेछा चौरी :** आयु 84 वर्ष। केन्द्रीय जेल राँची में 30 जुलाई, 1995 को मृत्यु।

40. **जय प्रकाश शर्मा :** आयु 45 वर्ष। 15 जुलाई, 1995 को धनबाद जेल में आया। 26 जुलाई, 1995 की रात को अन्य कैदियों के साथ सोया। प्रातः मृत पाया गया। पोस्टमार्टम नहीं किया गया।

41. **विश्व राम माँझी :** आयु 70 वर्ष। 1 अगस्त, 1995 को उल्टियों और दस्त से मृत्यु हुई।

42. **रामप्रसाद साह :** आयु दर्शाई नहीं गई। 15 जून, 1995 को केन्द्रीय जेल भागलपुर में रखा गया। जेल अधिकारियों के अनुसार प्रविष्टि के समय उसे लकवा था। 25 जून, 1995 को मृत्यु।

43. **हरेन्द्र शाह :** आयु वर्णित नहीं। मृत्यु की तारीख वर्णित नहीं। खुदी रामबोस केन्द्रीय जेल मुजफ्फरपुर में बंद। जेल अधिकारियों के अनुसार वह जेल में प्रवेश नहीं कर सका और जेल में प्रवेश क़राने के प्रयासों के दौरान वह मर गया। कोई पोस्टमार्टम नहीं किया गया (मुआवजा स्वीकृत किया गया)।

44. **नाशू रविदास :** आयु 50 वर्ष। मंडल जेल औरंगाबाद में रखा गया। तेज बुखार के कारण 15 जून, 1995 को मर गया।

45. **भोला यादव :** आयु 60 वर्ष। मंडल जेल सासाराम में रखा गया।

11 जून, 1995 को अस्पताल भेजा गया। 27 जून, 1995 को मर गया। मृत्यु का कोई कारण नहीं दिया गया। कोई पोस्टमार्टम रिपोर्ट भी नहीं थी।

46. **नरेन्द्र साह** : आयु 35 वर्ष, सासाराम जेल में रखा गया। 15 मई, 1995 को बीमार हुआ। 18 मई, 1995 को अस्पताल भेजा गया। दवाइयाँ खरीदी गईं। 29 जुलाई, 1995 को मृत्यु हो गई। मृत्यु का कोई कारण नहीं दिया गया। पोस्टमार्टम नहीं किया गया। जेल अधिकारी केवल यही कहते हैं कि साह लम्बी अवधि की बीमारी के बाद मर गया।

47. **जदूबीर सिंह** : आयु 68 वर्ष। जेल में प्रविष्टि की तिथि 21 फरवरी, 1995। मृत्यु की तिथि 31 जुलाई, 1995। जैसा कि जेल अधिकारियों ने कहा है, अस्पताल में हृदय-गति रुक जाने की वजह से मृत्यु हो गई।

48. **गणपति राय** : आयु 35 वर्ष। दुमका जेल में 26 जून, 1995 को कैदी बीमार हो गया। 29 जून, 1995 को उसे जेल भेजा गया। एक अथवा दो घंटे के उपचार के बाद वह मर गया। मृत्यु का कोई कारण नहीं बताया गया। कोई पोस्टमार्टम नहीं किया गया।

49. **भोला हेम्ब्रम** : आयु 55 वर्ष मंडल जेल, दुमका। कुछ घंटों के इलाज के बाद कैदी 26 जून, 1995 को मर गया।

50. **अनिल साव** : आयु 28 वर्ष। केन्द्रीय जेल बेऊर (पटना) में रखा गया। 15 जुलाई, 1995 को वायरल एनसेफलायटिस से मृत्यु।

51. **अयोध्या मंडल** : आयु 65 वर्ष उप-जेल जमुई में रखा गया। जेल अधिकारियों ने बताया कि 16 जुलाई, 1996 को दमे के कारण मरा। अन्य विवरण उपलब्ध नहीं।

52. **आर्या सिंह** : आयु 40 वर्ष। जिला-जेल जमशेदपुर जेल में प्रवेश के समय बीमार। 10 जुलाई, 1995 को उसे अस्पताल में दाखिल किया गया था जहाँ उपचार के आठ दिन बाद उसकी मृत्यु हो गई।

53. **लालदेव माँझी** : आयु 35 वर्ष। लोतेहार उप-जेल में रखा गया। 19 जून, 1995 को जेल में दाखिल। पुलिस के साथ मुठभेड़ में घायल। जब अस्पताल में उसे विशेष उपचार के लिए भेजा गया। 2 जुलाई, 1995 को वह मर गया।

54. **जॉन मराँडी** : आयु 48 वर्ष। साहिबगंज जिला जेल से 3 जुलाई, 1995 को केन्द्रीय जेल भागलपुर स्थानांतरित, जहाँ वह दस दिन बाद मर गया।

55. **घनगी साहनी** : आयु 65 वर्ष। मुजफ्फरपुर केन्द्रीय जेल में रखा गया। 20 नवंबर, 1995 को हृदय-गति रुक जाने से मरा।

56. **महेश साहनी** : केन्द्रीय जेल मुजफ्फरपुर में रखा गया। 2 दिसम्बर, 1995 को बीमारी, रक्त क्षीणता, पेट का दर्द तथा कमजोरी से मृत्यु।

57. **रामेश्वर माँझी** : आयु 70 वर्ष। जेल में प्रविष्टि की तारीख 14 मार्च, 1994। 15 फरवरी, 1995 को मृत्यु। मृत्यु का कारण लम्बी बीमारी।

58. **सुदामा सिंह** : आयु 75 वर्ष। 8 दिसम्बर, 1955 को जिला जेल, गोपालगंज में रखा गया। कैदी ने पेट दर्द की शिकायत की। अस्पताल भेजा गया, जहाँ से जेल वापस आ गया। 9 दिसम्बर, 1995 को पुनः अस्पताल में भेजा गया। पटना मेडिकल अस्पताल में भेजा गया, जहाँ 10 दिसम्बर, 1995 को वह मर गया।

59. **चवासी अहीर** : आयु ज्ञात नहीं। जिला जेल बेतिया में 14 दिसम्बर, 1995 को आया। पहले से बीमार था। 23 दिसम्बर, 1995 को उसे खून की उल्टियाँ आईं और वह मर गया।

60. **मोहन महतो** : आयु 38 वर्ष। जिला जेल गोपालगंज में रखा गया। 3 मई, 1995 को वह अस्पताल भेजा गया। 28 जुलाई, 1995 को उसकी अस्पताल से छुट्टी कर दी गई। पुनः अस्पताल भेजा गया। 1 दिसम्बर, 1995 को मर गया। मृत्यु का कारण पीलिया तथा रक्त-क्षीणता।

61. **सौदागर माँझी** : आयु 75 वर्ष। केन्द्रीय जेल गया में 18 दिसम्बर, 1995 को मैननजोसिफलटीस से मृत्यु।

62. **शम्भू शरण पाण्डेय** : उम्र 40 वर्ष। 20 नवम्बर, 1995 के दिन केन्द्रीय कारा, बक्सर में आया। 30 दिसम्बर, 1995 को मर गया। कैदी उच्च रक्त चाप का रोगी था।

63. **छविनेश हरिजन** : उम्र 70 वर्ष। उपकारा, भभुआ का कैदी। वह बहुत बीमार था। अदालत से प्रार्थना की गई कि उसे छोड़ दिया जाय, लेकिन अदालत ने उसे इलाज के लिए जेल अस्पताल भेजने का आदेश दिया। वह 29 दिसम्बर, 1995 को एनीमिया और दूसरी बीमारी की वजह से मर गया।

64. **सरयू अहीर** : उम्र 80 वर्ष। 9 दिसम्बर, 1995 से जिला कारा सिवान में। पैखाना करके आया, वार्ड में बैठा और एकाएक बेहोश होकर गिर पड़ा। उसे आरा अस्पताल में मृत घोषित किया गया।

65. **सोम पाण्डेय** : उम्र 70 वर्ष। केन्द्रीय कारा गया का कैदी। 28 दिसम्बर 1995 से जेल में। दो दिन बाद यानी 30 दिसम्बर को मर गया।

66. **रामचन्द्र महतो :** उम्र पता नहीं। 27 अगस्त, 1995 से केन्द्रीय कारा, मुजफ्फरपुर, में। दो दिन के अंदर बेहोश हुआ और मर गया।

67. **रामाधार पाण्डेय :** उम्र 90 वर्ष। 19 नवम्बर, 1995 के दिन केन्द्रीय कारा, बक्सर में मृत्यु।

68. **बन्धु महतो उराँव :** उम्र 82 वर्ष। केन्द्रीय कारा, बक्सर का कैदी। 13 अक्तूबर, 1995 के दिन जेल के हाते में स्थित तालाब में हाथ-मुँह धोने गया। तालाब में ही गिर पड़ा। बेहोश हो गया। अस्पताल में मर गया।

69. **सुरेश भेरिया :** कोई विस्तृत जानकारी नहीं। जिला कारा, धनबाद में ब्रेन हैमरेज की वजह से मौत।

70. **मुन्नी सिंह :** उम्र 60 वर्ष। 11 मई, 1995 को केन्द्रीय कारा बक्सर में आया। 20 मई को बीमार पड़ा। अस्पताल में भर्ती किया गया। 23 अगस्त, 1995 को मर गया।

71. **मदन दास :** उम्र का कोई विवरण नहीं। उपकारा गुमला का कैदी। टी॰ वी॰ का रोगी। मरने की तिथि 19 अगस्त, 1995।

72. **नाचो झा :** उम्र 77 वर्ष। केन्द्रीय कारा, मुजफ्फरपुर में कैद। 8 जुलाई, 1995 को हार्नियाँ का ऑपरेशन हुआ। मृत्यु - 3 अगस्त, 1995।

73. **चमरू गोस्वामी :** उम्र 47 वर्ष। 19 सितम्बर, 1995 के दिन केन्द्रीय कारा, भागलपुर दाखिल होते समय पूरी तरह स्वस्थ। उसने दूसरों के साथ खाना खाया। एकाएक उसे काफी गर्मी लगने लगी और पसीना बहने लगा और फिर कुछ ही घंटों में मर गया।

74. **बालगोविन्द यादव :** उम्र 80 वर्ष। 7 अक्तूबर, 1995 के दिन केन्द्रीय कारा, गया में भर्ती हुआ और ठीक बीस दिन बाद 27 अक्तूबर को मर गया।

75. **सरयुग सिंह :** उम्र 50 वर्ष। जिला कारा, डाल्टेनगंज में कैद। दाखिल होने की तिथि 10 अगस्त, 1995 से ही बीमार। मरने की तिथि 26 अगस्त, 1995।

76. **फूलो देवी :** उम्र का ब्योरा नहीं। केन्द्रीय कारा, भागलपुर में दाखिल होने की तिथि 9 अक्तूबर, 1995 से बीमार। मृत्यु- 21 अक्तूबर, 1995।

77. **धनिक लाल साह :** उम्र नहीं पता। केन्द्रीय कारा भागलपुर में दाखिल होने की तिथि 18 जुलाई, 1994। उसी समय दिमागी रूप से असंतुलित होने के चिह्न। मृत्यु 30 अक्तूबर, 1995।

78. **गौरी शंकर सिंह :** उम्र नहीं पता। उपकारा गिरिडीह का कैदी। दाखिल होने की तारीख 21 जुलाई 1995। उसी समय से बीमार। मृत्यु 14

अक्तूबर, 1995।

79. **गेन्डा उराँव :** उम्र नहीं पता। केन्द्रीय कारा राँची का कैदी। टी० वी० से ग्रस्त और साथ ही मस्तिष्क की बीमारी भी। न तो दाखिले की तारीख और न मरने की तारीख रिकार्ड में दर्ज थी।

इन मृत्युओं को लेकर जेल विभाग ने जो स्पष्टीकरण दिए, वे आपस में मेल नहीं खाते थे और कहीं से भी संतोषजनक नहीं थे। जेल में कैदी कई बार यूँ ही मौत के जबड़े में ढकेल दिए जाते हैं और कई बार वे वहाँ की भयंकर परिस्थितियों के शिकार हो मौत के मुँह में समा जाते हैं। कई ऐसे उदाहरण भी हैं जिसमें कैदियों की बड़े रहस्यमय ढंग से मृत्यु हुई है। ऐसे मामले को राष्ट्रीय मानवाधिकार आयोग ने भी गम्भीरता से लिया है।

जेल विभाग के एक उच्च पदाधिकारी ने यह स्वीकार किया है कि विभाग के पास जेल में हुई करीब हजार अप्राकृतिक मृत्यु की सूचना है। इसकी एक पूरी सूची तैयार की गई है, पर जिसे अत्यन्त गोपनीय करार दिया गया है। पहले भी, एमनेस्टी इन्टरनेशनल ने 1985-90 के दौरान बिहार की जेलों में करीब 48 हत्याओं को चिह्नित किया था। अक्तूबर, 79 से नवम्बर, 80 के बीच भागलपुर केन्द्रीय कारा में करीब 30 कैदियों की आँखों में तेजाब डालकर अंधा कर दिया गया था। 1981 में समस्तीपुर जेल में गोलियाँ चलाई गई जिसमें एक कैदी देवेन जो कोढ़ और टी० वी० का रोगी था, मारा गया। इसी तरह से 5 जनवरी, 1979 को सातन साबार दक्षिण छोटानागपुर प्रमण्डल जेल में मारा गया।

14 दिसम्बर, 1993 को गोड्डा कारा के तीन कैदी मातल टुड्डु, भुनेश्वर यादव और राम विलास सिंह जहरीला दूध पीकर मर गए। पूर्व महानिरीक्षक, जेल एम० एम० सिंह गबन के एक मामले में अभियुक्त हैं। 1983 से 1988 के बीच अनुसूचित जाति के सोलह कैदी सासाराम जेल में रहस्यमय ढंग से मृत पाए गए। जिला कारा, मुँगेर के अधिकारी आठ कैदियों को जिसमें गोपाल मंडल भी था, तीन कैदियों की सहायता से गोलियों से भून दिए। इस घटना के तहत वहाँ के जेलर, मुख्य वार्डेन और डॉक्टर को 28 जुलाई, 1988 को जेल भेज दिया गया। 14 जून, 1987 एवं 25 दिसम्बर 1987 को क्रमशः अवधेश यादव तथा कन्हैया यादव केन्द्रीय कारा बक्सर के वार्डेन के अप्राकृतिक हवस के शिकार बने। फिर बाद में उन दोनों की हत्या भी कर दी गई।

1986 में छह कैदियों ने बेगुसराय जेल के वार्डेन की हत्या कर दी और फरार हो गए। लेकिन बाद में अपराधियों ने उन पर हमला कर दिया।

8 मार्च, 1987 को हाजत में बंदी रामकिशन सिंह की हत्या कर दी गई और सात कैदी भाग निकले।

पुराना सड़ा चना खाने से इनकार करने पर सहरसा जेल में कैदियों की जमकर धुनाई की गई। दिसम्बर, 1990 में बाँकीपुर केन्दीय कारा, पटना के छह सौ कैदी भूख हड़ताल पर चले गए। भागलपुर केन्द्रीय कारा में दो कैदियों को जल्लाद का काम करना पड़ता था और मृत्यु की सजा पाए कैदियों को फाँसी देनी पड़ती थी।

अक्तूबर, 1999 में सहरसा जेल में महेन्द्र दास तथा बेऊर जेल, पटना में सिकन्दर यादव की मृत्यु हो जाती है। 13 जुलाई, 1994 को उपकारा सराइकेला में वीर सिंह की मृत्यु हुई। दो अन्य कैदी भी उसी दौरान मरे। दिसम्बर, 93 से जुलाई, 94 के बीच लातेहार उपकारा में घानी भूइयाँ, खविदेव महतो, रोहनी कोरबा तथा थावेर पबेना की मृत्यु हुई। उपकारा कोडरमा में नवम्बर, 1992 में गोपाल सिंह, 3 दिसम्बर, 1993 को रामेश्वर यादव तथा 8 दिसम्बर, 1993 को देवकी भुइयाँ मरे। केन्द्रीय कारा, राँची में मरने वाले थे गिरि एक्का (1986), अरविन्द कुमार (1 अप्रैल, 1987); जनक यादव (गोपालगंज जिला कारा, जनवरी, 1988); चाँद यादव (भभुवा उपकारा, मई, 90); राम स्वरूप (आरा जेल, जून, 1988); घनश्याम दास (धनबाद जेल, जुलाई, 1993); इसके अतिरिक्त बिहार शरीफ जेल में एक महिला कैदी की मृत्यु हुई। भोला साहनी बिना किसी इलाज के मरा।

विशेष सचिव, गृह (विशेष) विभाग, श्री एन. के. पी. सिन्हा ने काफी पहले दिसम्बर, 1992 में ही एक सर्कुलर जारी करते हुए कहा था कि वे सारे कैदी जो कोढ़ या किसी दूसरी गंभीर बीमारी से ग्रस्त हैं, जेल से तुरंत रिहा कर दिए जाएँ। आपराधिक प्रक्रिया संहिता भी कहती है कि बीमार, बूढ़े, शारीरिक रूप से कमजोर तथ औरतों को रिहा कर देना चाहिए लेकिन अदालत कानून के इन प्रावधानों की ओर से आँखें मूँदे रहती है और इस तरह से लोगों को परोक्ष या अपरोक्ष ढंग से मारने की पूरी छूट जेल के अधिकारियों को दे दी है। उपर्युक्त प्रावधान के रहते हुए छोटानागपुर प्रमण्डल में कितने कैदी कोढ़ या इसी तरह की घातक बीमारी के शिकार हुए। इनके नाम हैं–अम्पा सोरेन (सितम्बर, 1992); रघु चेतम्बा (अक्तूबर, 1992); सत्यनारायण सोन्यू, सनातन सब्बार (21 मार्च, 1991); लक्ष्मण लगारी (25 फरवरी, 1991); तराई सब्बार (15 सितम्बर, 1991); देवेर (5 जनवरी, 1989); सिदेन मानी (27 जुलाई, 1989)। हाल में भी

कई लोगों की मृत्यु रहस्यमय परिस्थितियों में हुई है।

चाईंबासा जेल के मोटका पूर्त्ति की मृत्यु सितम्बर, 1996 में भागलपुर अस्पताल में हुई। जुलाई, 1996 में जितेन्द्र सिंह, शंकर देव और देहा मराँडी की मृत्यु भागलपुर कारा में रहस्यमय परिस्थितियों में हुई। जिला जेल, गोपालगंज में एक विचाराधीन कैदी की मृत्यु अक्तूबर, 1996 में हुई। वह पीलिया से ग्रस्त था।

कई घटनाएँ हैं जब कैदियों ने जेल से निकल भागने की कोशिश की है। इसकी वजह यह है कि जेल के अंदर उन्हें हमेशा यह भय सताता रहता है कि वे कभी भी कोढ़, या टी. बी. जैसी किसी खतरनाक बीमारी के शिकार हो जाएँगे या फिर हो सकता है, वे भूखे ही मर जाएँ। 9 सितम्बर, 1992 को तेनुघाट जेल से 93 कैदी भाग निकले क्योंकि उनके अंदर भयानक बीमारियों के चंगुल में फँसने का डर समा गया था। सरकार प्रतिवर्ष 14 रुपये 35 पैसे मात्र प्रति कैदी की स्वास्थ्य-सुविधा के किए आबंटित करती है।

कैदी एवं मीडिया

> खबरें हमेशा बुरी होती हैं तब भी, जब वह सुनने में कुछ अच्छी लगती हैं।
>
> **–एल्डस हक्सले**

बोका ठाकुर तथा रूदल साह के मामले से पूर्व पत्रकार शायद ही कभी खबरों की खोज में पटना उच्च न्यायालय आया करते थे। अगर कभी कोई महत्त्वपूर्ण मामला अदालत में फँसा होता था तो वकील स्वयं खबर लेकर अखबारों के दफ्तरों में जाया करते थे। अदालती कार्यवाही की रिपोर्टिंग वे कभी नहीं करते थे। लेकिन बोका ठाकुर के मुकदमे ने मीडिया का ध्यान इस ओर खींचा और फिर खबरों की खोज में कोर्ट की ओर पत्रकारों की दौड़ शुरू हो गई।

उच्च न्यायालय के उच्च न्यायाधीशों ने भी इस बात को महसूस किया। उन्हें कहते सुना गया–वे क्या सूँघते फिरते हैं यहाँ। मेरा विश्वास है कि रूदल साह के मामले के पहले भी इसी प्रकार के कुछ मामले उच्चतम न्यायालय द्वारा सुने गए होंगे लेकिन उन मुकदमों में पीड़ितों को केवल यात्रा भत्ता ही मिला। यह सत्य है कि बोका ठाकुर तथा रूदल साह

ने अपने जीवन का अधिकांश समय जेल में व्यतीत किया, लेकिन यदि समाचार-पत्रों की ओर से कोई प्रयत्न नहीं किया जाता तो संभव था, उन्हें मुआवजा न मिलता। मुझे अखबारों का मुकदमे की रिपोर्टिंग के लिए आभार व्यक्त करना चाहिए।

जब रूदल साह ने अपनी बेटी और दामाद के साथ जाने से इनकार इस आधार पर कर दिया कि उसके पास फूटी कौड़ी भी नहीं है, तब मीडिया ने उसके मामले को बड़े सही ढंग से उठाया। 'स्टेट्समैन' ने उसकी दर्द-भरी कहानी बड़े विस्तार से छापी और तब उच्चतम न्यायालय ने मुआवजा देने का निर्णय लिया। मीडिया ने वास्तव में उन दोनों कैदियों के मामले में बड़ी सकारात्मक भूमिका निभाई।

हिन्दी साप्ताहिक 'दिनमान' ने अपने जून, 1982 के अंक में बोका ठाकुर का जीवनवृत्त पूरे एक पृष्ठ में छापा। 'वह बिना किसी सजा से 37 वर्षों के जेल में है' शीर्षक के बाद आगे लिखा-"ब्रिटिश सरकार ने उसे वर्ष 1945 में 15 वर्ष की उम्र में एक कत्ल के मामले में जेल भेजा था-और उसके बाद से बहुत कुछ के साथ-साथ उसकी किशोरावस्था, जवानी, अधेड़ावस्था बीत गई और अब वह अपने बुढ़ापे के बावनवें वर्ष में है, बोका आजादी के विषय में कुछ नहीं जानता।"

शुरू-शुरू में बोका ठाकुर का मामला किसी पत्रकार ने ही उठाया था, जब एक स्थानीय पत्रकार को उसके विषय में जानकारी मिली और उसने उसे अखबार में प्रकाशित किया। और इस प्रकार से, उसकी रिहाई और मुआवजे को लेकर मुकदमा दायर किया गया। पत्रिका ने पूछा था कि उसके जीवन के सुनहरे दिन कौन लौटाएगा और उनको क्या सजा दी जाएगी जिन्होंने उसकी जिन्दगी बर्बाद की? वर्तमान मुकदमे में भी जो मेरे द्वारा पटना उच्च न्यायालय में रिट-याचिका दायर करने के बाद शुरू हुआ जिसमें राज्य भर की जेलों में बंद कैदियों के साथ किए गए अमानवीय व्यवहार का मामला उठाया गया था, मीडिया मददगार साबित हुआ क्योंकि वे जेलों में होनेवाले घोटालों की सूचना देते थे। मुझे पूरा यकीन है कि बिहार के अतिरिक्त अन्य राज्यों में भी जेलों की स्थिति बेहतर नहीं है।

हिन्दुस्तान टाइम्स, दिल्ली ने 20 मई, 1998 के एक अंक में एक खबर छापी जिसमें गाजियाबाद जेल में बंद प्रवीण शर्मा का मामला उठाया गया था। उसे अवैध आग्नेयास्त्र रखने के आरोप में 11 जनवरी, 1987 को गिरफ्तार किया गया था। उसकी गिरफ्तारी अवैध थी। वहाँ के ए. सी. जे.

एम. ने उसे रिहा करते हुए कहा था कि पुलिस ने उसे झूठे मामले में फँसाया था। आग्नेयास्त्र जिसे सीलबंद पैकेट में रखा गया था, जब अदालत के समक्ष रखा गया तो वह दूसरा निकला। उस आग्नेयास्त्र से अलग, जिसे अभियुक्त को गिरफ्तार करते समय उसके पास होने का दावा किया गया था।

ए. सी. जे. एम. ने टिप्पणी की थी कि पुलिस ने न तो शर्मा को उस जगह पर गिरफ्तार किया है और न ही बरामद हथियार उसी वक्त सील किया है, जिसका वह दावा करती है। जज ने आश्चर्य व्यक्त किया था कि क्या जिलाधीश ने शस्त्र अधिनियम के अंतर्गत अभियुक्त पर मुकदमा चलाने के लिए अनुमति दिए जाने के पूर्व जब्तशुदा हथियार देखा था? कोर्ट ने अभियुक्त को इस झूठे मुकदमे में 11 वर्ष जेल में डाले रहने के एवज में 50,000 रुपये की राशि क्षतिपूर्ति के तौर पर दी। यह राशि उन अधिकारियों के वेतन में से दी जानी थी, जो उसकी गैरकानूनी लंबी कैद के लिए जिम्मेदार थे।

अत: यह बेहद जरूरी है कि न्यायिक अधिकारी अपने कर्तव्य के प्रति सचेत रहें। आपराधिक न्यायिक प्रक्रिया को दुरुस्त रखने के लिए यह जरूरी है। ताकि जेल-व्यवस्था सुचारु ढंग से काम कर सके। इस क्रम में मीडिया की भी सकारात्मक भूमिका को नकारा नहीं जा सकता। हालाँकि इसकी सीमा है क्योंकि हम देखते हैं, मीडिया के गम्भीर प्रयत्नों के बावजूद लोग बर्फ के सिर्फ उसी हिस्से को देख-जान पाए हैं, जितना भर वह पानी के ऊपर रहता है।

वर्तमान मुकदमा हालाँकि मैंने 1994 में ही दायर किया था, पर पहली बार मीडिया का ध्यान 17 जुलाई, 1996 को इस ओर खिंचा जब 'आउट लुक' ने उठाए गए मामले को गम्भीरता से लेते हुए टिप्पणी की। टिप्पणी में लिखा था, "मानवाधिकार आयोग ने मानवाधिकारों के उल्लंघन (जेलों की स्थिति) के मामले पर विचार करने से इनकार कर दिया।"

टिप्पणी में आगे कहा गया, "किशनगंज जेल की जाँच से पता चलता है कि वहाँ कम-से-कम आठ व्यक्ति आपराधिक प्रक्रिया संहिता की धारा 107 व 109 के तहत महीनों से जेल में सड़ रहे थे जबकि कानून स्पष्ट रूप से कहता है कि उक्त धारा के अन्तर्गत वे एक दिन के लिए भी जेल में नहीं डाले जा सकते।

"बहुचर्चित रूदल साह के मामले में—साह ने राज्य की जेलों में अपनी रिहाई आदेश के बाद भी 14 वर्ष गुजारे और सिर्फ तभी वह रिहा

हो सका, जब 1983 में उच्च न्यायालय ने हस्तक्षेप किया। जाँच उन्हीं मामलों में लुढ़कती है जिसमें अदालत के जमानती आदेश कार्यान्वित नहीं किए जा सके थे क्योंकि विचाराधीन कैदी के पास कोई जमानत लेने वाला नहीं होता था। कुछ दूसरे मामले में कैदियों का विचार था कि एक बार जेल में आ जाने के बाद वे सभी अधिकारों से वंचित हो जाते हैं। यहाँ तक कि बचाव के अधिकार से भी।''

उपर्युक्त रिपोर्ट के तुरंत बाद 'नवभारत टाइम्स' दिल्ली संस्करण के 31 जुलाई, 1996 के अंक में छपा, ''कल्याणकारी राज्य होने के बावजूद सरकार जेलों को लाभ अर्जित करने की मशीन समझती है। अब केन्द्रीय जेल, पटना के कैदियों को जेल से बाहर खेतों में मजदूरी के लिए ले जाया जाता है, ताकि वे जेल के लिए लाभ अर्जित कर सकें। यहाँ तक कि तिहाड़ जेल में भी कैंटीनें खोली गई हैं, जहाँ वस्तुएँ लाभ पर बेची जाती हैं। यह जेल मैनुअल के सिद्धान्त के खिलाफ है, जिसमें कहा गया है कि कैदियों को धन के मामले से दूर रखा जाना चाहिए, क्योंकि इससे विभिन्न प्रकार का भ्रष्टाचार फैलेगा।''

पटना से प्रकाशित हिन्दी दैनिक 'प्रभात खबर' के 11 अगस्त, 1996 के अंक की रिपोर्ट के अनुसार 155 कैदियों को सर्दियों के मौसम में केवल 25 कम्बलों से गुजारा करना पड़ता है। बिहार की सभी 76 जेलों में परिस्थितियाँ लगभग एक जैसी हैं।

'टाइम्स ऑफ इंडिया' के पटना अंक में चार विचाराधीन और सजायाफ्ता कैदियों की मौत की खबर प्रकाशित हुई थी।

कैदियों व जनता को उनके कष्टों और अधिकारों के विषय में जागरूक करने में समाचार-पत्रों का महत्त्वपूर्ण योगदान है। अब काफी हद तक कैदियों को अपने अधिकारों के प्रति जानकारी है और वे सुविधाओं की माँग करने लगे हैं।

इतना ही नहीं, कुछ मामलों में तो न्यायिक अधिकारियों ने भी मीडिया के माध्यम से न्याय माँगने की कोशिश की है। चेन्नई अदालत के एक सहायक जज ने मीडिया के माध्यम से अपनी माँग उठाते हुए कहा कि टंकण-मशीन एवं आशुलिपिक के बिना उनके लिए काम करना मुश्किल है।

अखबारों में इस तरह की खबरों के लगातार छपते रहने से जागरूक हुए कैदियों ने माँग रखनी शुरू कर दी है कि उन्हें समय पर अदालत में प्रस्तुत किया जाय। वे पर्याप्त भोजन एवं साफ पानी की भी माँग

करने लगे।

10 मार्च, 1997 को धनबाद जेल में 160 विचाराधीन कैदी भूख हड़ताल पर चले गए। मुद्दा 95 प्रतिशत विचराधीन कैदियों को रिहा करने का था। मामला इतना बढ़ गया कि जिला जज को जाकर उनसे मिलना पड़ा। कुल 987 कैदियों में से 234 हड़ताल पर थे। उनका कहना था कि गरीब और असहाय कैदियों को जानबूझकर लम्बी अवधि तक जेल में रखा जाता है। जेल प्रशासन बौखला उठा। उसने आन्दोलन के नेताओं–रामाश्रय प्रसाद सिंह एवं सुरेश सिंह–को एकान्त कोठरी में डाल दिया।

हड़ताली कैदियों को अन्य कैदियों से अलग कर दिया गया। कैदियों ने जिला जज को एक पत्र में लिखा–

''देश के शीर्षस्थ राजनीतिक नेताओं को जो करोड़ों रुपयों के घोटालों में अभियुक्त होते हैं, अग्रिम जमानत मिल जाती है। धनी और प्रभावशाली व्यक्तियों को भी बिना समय गँवाए जमानत दे दी जाती है जबकि गरीब एवं असहाय लोगों को जेल में बहुत लम्बी अवधि तक रखा जाता है और इस तरह उनका जीवन बरबाद हो जाता है।''

आन्दोलन के नेताओं ने देश के प्रधानमंत्री को भी लिखा था। उनका आरोप था कि पाँच हजार रुपये की ठगी के अभियुक्त संचयन चटर्जी को जिला एवं सेशन जज और यहाँ तक कि पटना उच्च न्यायालय ने भी जमानत देने से इनकार कर दिया।

हरिशंकर शर्मा को, जो 45 लाख रुपये की डकैती के मामले में अभियुक्त था, शिनाख्त परेड में पहचाने न जाने के कारण जमानत पर छोड़ दिया गया, जबकि दूसरे विचाराधीन कैदी तिरकी को जमानत नहीं दी गई हालाँकि वह 17 मास से जेल में था और शिनाख्त परेड में उसकी भी पहचान नहीं हो पाई थी। एक अन्य व्यक्ति प्रमाण माणिक 6 महीने से जेल में सड़ रहा है, जबकि उस पर सिर्फ 1 लघु चोरी करने का आरोप है।

इसे एक असाधारण घटना के रूप में दर्ज किया जाना चाहिए। लापरवाह शासन तंत्र, जो उनके जीवन को छीनने के लिए हमेशा तत्पर रहता था, को झकझोर देने वाली कोशिश के रूप में इसे पढ़ा जाना चाहिए। मेरे प्रयास किसी ठोस नतीजे तक नहीं पहुँचे और न ही मैं अदालत के आदेश के रूप में कोई पुरस्कार ही कैदियों को दे पाई, लेकिन अगर इन सभी प्रयासों के परिणामस्वरूप लोगों का हृदय-परिवर्तन

हो जिसकी कैदियों को सबसे ज्यादा जरूरत है, तो यह एक बड़ी बात होगी।

मुझे पक्का विश्वास है कि दूसरे संगठनों की तरह मीडिया भी अन्याय को न्याय में और कानून के अमानवीय रूप को मानवीय तथा जवाबदेह बनाने में मददगार साबित हो सकती है।

वर्ष 1995-96 और 1996-97 के दौरान हिरासत में हुई मौतें

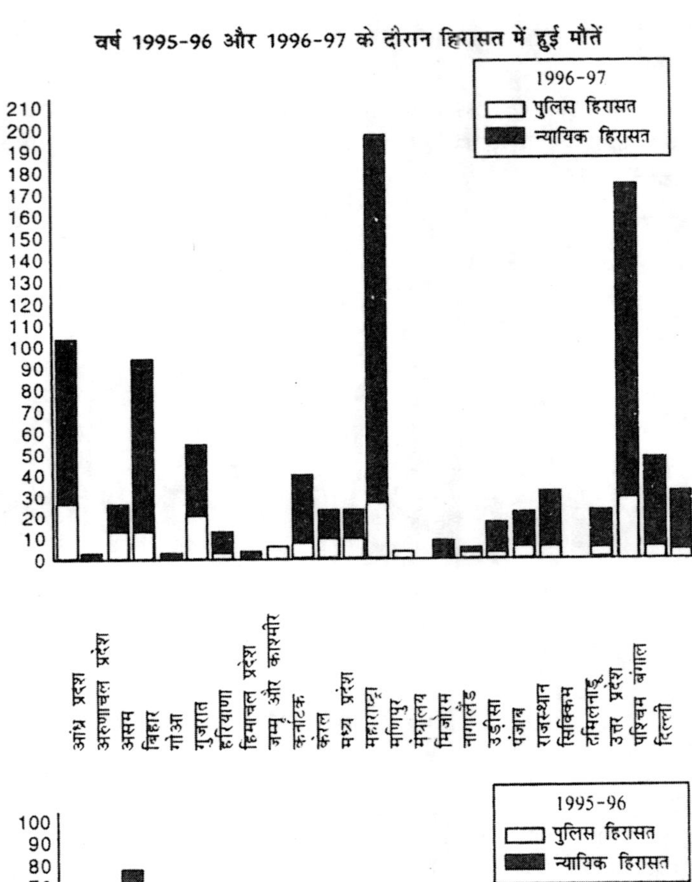

मानवाधिकार आयोग सुधारों की वकालत करता है

निर्णय मत करो, कहीं तुम्हारा भा आकलन न होने लगे।
–जीसस
(नगारथ के पहाड़ पर दिए गए उपदेश से)

राष्ट्रीय मानवाधिकार आयोग की वर्ष 1996 की सालाना रिपोर्ट जवाहरलाल नेहरू द्वारा 14-15 अगस्त, 1947 की मध्यरात्रि में कांस्टीच्यूएंट असेम्बली में दिए गए भाषण से प्रारम्भ होती है–*बहुत वर्ष पहले हमने भाग्य के साथ समझौता किया था, और अब समय आ गया है कि हम अपना संकल्प पूर्णतया ही नहीं बल्कि वास्तव में पूरा करें।*

आयोग के अध्यक्ष एस.एन. वेंकटचलैया रिपोर्ट के अन्त में कहते हैं–"यह अभी भी पूरा नहीं हुआ है। वास्तव में, आजादी के पचास वर्ष बाद भी, उन सभी उल्लेखनीय उपलब्धियों पर गौरवान्वित महसूस करते हुए भी उन संकल्पों को लेकर भारी बेचैनी है जिन्हें अभी तक पूरा नहीं किया जा सका है। ये संकल्प वास्तव में हमारे समाज के सबसे कमजोर तबके तथा

उन लोगों से सम्बन्धित हैं जो स्वेच्छाचारी अधिकारियों के दमन तले कराह रहे हैं।...आयोग ने अच्छे प्रशासन की आवश्यकता पर बल दिया है ताकि देश के लोगों के नागरिक एवं राजनीतिक अधिकारों की एकजुटता बनी रहे, जो इस बात पर निर्भर करती है कि विधायिका, कार्यपालिका और न्यायपालिका एकजुट होकर काम करती हैं या नहीं और क्या वह अपनी भूमिका का निर्वाह पूरे अनुशासन और प्रतिष्ठा के अनुरूप कर रही हैं।...हमारे गणतंत्र के संस्थापक जानते थे और हमें याद रखना चाहिए कि एक सुदृढ़ राष्ट्र की नींव मौलिक अधिकारों को मजबूती के साथ अपने और उसे न्यायसंगत और प्रतिष्ठित बनाने में है।

''चूँकि देश अब पचास वर्ष का हो गया है और अपने भविष्य की ओर देख रहा है, अब इसे किसी संकल्प की आवश्यकता नहीं है क्योंकि यह इन संकल्पों से थक चुका है। अब यह संविधान के वादों को व्यावहारिक रूप से पूरा करने के लिए लालायित है। यह कोई कपोल-कल्पित वादा नहीं था बल्कि यह भारत के लोगों के लिए सम्मानपूर्वक जीवन बसर करने का वादा था। और इन्हीं उद्‌देश्यों की पूर्ति के लिए आयोग कृत-संकल्प है, अपने नियम और व्यवहार द्वारा।''

रिपोर्ट के अनुसार, ''हाल के वर्षों में देश में यह चिन्ता व्यापी है कि शासन-प्रक्रिया कई अवसरों पर अपराधी प्रवृत्ति के राजनीतिक तत्त्वों और भ्रष्ट अधिकारियों की साँठ-गाँठ के कारण क्षरित हुई है, आयोग द्वारा प्राप्त याचिकाएँ सही अर्थ में वह पैमाना हैं जिससे पता चलता है कि इस साँठ-गाँठ ने मानवाधिकार को कितना गहरा धक्का पहुँचाया है। इन याचिकाओं में अधिकांशतया उन्हें ही दोषी बताया गया था जिनका काम अधिकारों की रक्षा करना था।

''गहरे स्तर पर आयोग ने चिन्हित किया है कि देश के सभी लोगों के अधिकारों के प्रति पर्याप्त सम्मान को लेकर विद्वेषपूर्ण भावना एक लम्बे समय से समाज में विद्यमान है। कारण चाहे जो भी हो, चाहे धर्म या फिर रीति-रिवाज, लेकिन वे पूर्वग्रह नहीं बदले हैं हालाँकि विधेयकों के ढेर लग गए।''

एक स्थान पर रिपोर्ट कहती है, ''आयोग निरन्तर हिरासत में हो रही मौतों, बलात्कारों और उत्पीड़न द्वारा किए जा रहे मानवाधिकारों के उल्लंघन को समाप्त करने की दिशा में निरन्तर प्रयासरत है। हिरासती हिंसा मानवीय प्रतिष्ठा पर सुनियोजित आक्रमण है। और 'जब कभी मानव की प्रतिष्ठा आहत होती है, सभ्यता एक कदम पीछे हट जाती है। ऐसे प्रत्येक

अवसर पर मानवता का झंडा आधा झुका देना चाहिए।' (–डी.के. बसु बनाम पश्चिम बंगाल के मुकदमे में 18.12.86 को दिए गए सुप्रीम कोर्ट के फैसले से)

"आयोग, देश के प्रायः सभी भागों से इस तरह की घटनाओं की रिपोर्टें प्राप्त करता रहा है। वर्ष 1995-96 के दौरान 136 मौतें पुलिस हिरासत में तथा 308 मौतें जेल हिरासत में दर्ज की गईं। वर्ष 1996-97 में आयोग के समक्ष दर्ज आँकड़ों के अनुसार पुलिस हिरासत में 188 मौतें तथा न्यायिक हिरासत में 700 मौतें हुईं। समीक्षाधीन वर्ष या अवधि के दौरान बलात्कार के 3 मामले भी दर्ज किए गए।" आयोग की रिपोर्ट से स्पष्ट है कि इस पुस्तक में उठाई गई समस्याओं से सिर्फ बिहार ही नहीं, बल्कि पूरा भारत ग्रस्त है।

"मानवाधिकार सुरक्षा अधिनियम, 1993 की धारा 12 (सी) के अन्तर्गत, राज्य सरकार के नियन्त्रण में, राज्य सरकार को सूचित कर, किसी भी जेल या राज्य सरकार के अधीन किसी भी संस्था के जहाँ लोगों को उपचार, सुधार या सुरक्षा के लिए रखा जाता है, रहन-सहन का अध्ययन करने हेतु, वहाँ का दौरा करने का अधिकार आयोग को है। इसी धारा के अन्तर्गत आयोग के सदस्यों ने बिहार (सराईकेला, भागलपुर), पंजाब (पटियाला) और यू.पी. (आगरा, बस्ती, मेरठ और मुजफ्फरनगर) की जेलों का दौरा किया। निष्कर्ष वही जाना-पहचाना और दिल दहलानेवाला था : भारी भीड़, स्वच्छता की कमी, अनुचित व्यवहार तथा कुप्रबन्ध। आयोग ने अपनी पूर्ववर्ती रिपोर्टों में इन कमियों को विस्तार से सूचीबद्ध किया है। दुर्भाग्यपूर्ण ढंग से ये कमियाँ आज भी व्याप्त हैं। आयोग के अधिकारियों ने जाँच में पाया कि बस्ती जेल के कर्मचारी कैदियों को शारीरिक यातनाएँ देते हैं, कैदियों के उपचार के लिए दवाइयों का स्टॉक अपर्याप्त है और वे कैदियों से मिलने आनेवालों से पैसों की माँग करते हैं। मेरठ जेल में भी भारी भ्रष्टाचार पाया गया। बीकानेर जेल में फैसले के लिए निवेदन हेतु कैदियों को रिश्वत देने के लिए बाध्य किया जाता था। इस तरह छात्र कैदियों को परीक्षा में भाग लेने के लिए रिश्वत देनी पड़ी थी।

रिपोर्ट आगे कहती है कि देश की जेलों में व्याप्त स्थिति अपने बदलाव के लिए वर्षों के दृढ़तापूर्वक प्रयत्नों की माँग करती है, क्योंकि ये स्थितियाँ पीढ़ियों की उपेक्षा, स्रोतों की कमी और मानसिक संरचना से सम्बन्धित हैं जो खुद अपने परिवर्तन के लिए पुनर्शिक्षा, प्रशिक्षण और काम

करने की बेहतर परिस्थिति की माँग करती हैं। आयोग की दृष्टि में इसकी शुरुआत भारतीय जेल अधिनियम, 1894 को बदलने से की जानी चाहिए जो जेल-व्यवस्था के प्रति सड़ा-गला एवं पुरातन रवैया रखता है। अपराधी के व्यवहार और सुधार की दिशा में हुए आधुनिक चिंतन के मुकाबले यह अधिनियम बहुत पिछड़ा हुआ है।

आयोग ने यह भी आशा व्यक्त की है कि उच्चतम न्यायालय के दूरगामी प्रभाववाले फैसले (कॉमन कॉज बनाम यूनियन ऑफ इंडिया) निचली अदालतों में पड़े हजारों आपराधिक मामलों के निष्पादन में गति लाएँगे। आयोग ने चिन्हित किया कि जेलों में भीड़ की असल वजह अधिक संख्या में विचाराधीन कैदियों का होना है। आयोग के अधिकारियों ने जब मेरठ जेल का मुआयना किया तो पाया कि वहाँ लगभग 3000 कैदी हैं जबकि जेल की क्षमता मात्र 650 कैदियों की है। तत्पश्चात आयोग ने जेल के तमाम महानिरीक्षकों से माँग की कि वे हर महीने विचाराधीन कैदियों की संख्या की विस्तृत जानकारी आयोग को भेजें।

आयोग ने यह भी चिन्हित किया कि सत्र न्यायाधीश जेल मैनुअल द्वारा दिए गए निर्देशों के अनुसार जेल का नियमित दौरा नहीं करते। अध्यक्ष ने 25 दिसम्बर, 1996 को सभी उच्च न्यायालयों के मुख्य न्यायाधीशों से अनुरोध किया कि वे सत्र न्यायाधीश को निर्देश दें कि वे अपने कर्त्तव्य का तत्परता से पालन करें।

आयोग ने महसूस किया और गहरी चिन्ता प्रकट की कि जेलों के विभिन्न स्तर के कर्मचारियों में पर्याप्त जानकारी एवं प्रशिक्षण का अभाव है।

'मानवाधिकार और आपराधिक न्याय की व्यवस्था' अध्याय में आयोग कहता है कि यह गहरी चिन्ता का विषय है कि भारत में आपराधिक न्याय व्यवस्था में कार्यान्वयन एवं गुणवत्ता, दोनों स्तरों पर क्षरण हुआ है। यह क्षरण और चीजों के अलावा जेल में सजायाफ्ता एवं विचाराधीन कैदियों के अनुपात में भारी असन्तुलन में परिलक्षित होता है। जेल में बन्द अस्सी प्रतिशत या उससे भी ज्यादा कैदी विचाराधीन होते हैं। मुकदमे का लम्बित पड़े रहना अब कुख्यात हो चुका है।

स्थिति लगभग वही है जो लन्दन में पुलिस एवं आपराधिक साक्ष्य अधिनियम, 1984 द्वारा लाई गई आपराधिक न्याय व्यवस्था के पहले थी। उस समय की स्थिति का वर्णन करते हुए एक विख्यात लेखक ने लिखा है कि वर्तमान कानून किसी को सन्तुष्ट नहीं करता। यह बहुत ही ज्यादा

उलझावपूर्ण तथा प्राचीन कानूनों एवं फैसलों के अनर्गल उदाहरणों से भरा पड़ा है। समस्याएँ जो परीक्षा में पूछे गए प्रश्नों की तरह कठिन होती हैं, पुलिस को बिना अधिक विचार किए निबटानी होती हैं। यह बहुत कुशलता की माँग करती हैं। अगर नियमावली जानी-पहचानी होती है तो उसका अर्थ अस्पष्ट होता है, और जब अर्थ स्पष्ट होता है तो उसकी विषयवस्तु असन्तोषजनक।

आयोग ने अपनी रिपोर्ट में डाल्टेनगंज के संजय सिंह उमेश की शिकायत का उल्लेख किया है जिसमें कहा है कि 15 अप्रैल, 1996 को पुलिस ने मुठभेड़ दिखाकर छह नक्सलियों की हत्या मुरुनदाग गाँव, डाल्टेनगंज, बिहार में कर दी।

'द स्टेट्समैन' के 1994 के संस्करण में छपी खबर के अनुसार गया पुलिस द्वारा ग्यारह लोगों की हत्या की खबर के आधार पर आयोग ने खुद संज्ञान लिया तथा मामले को जाँच के लिए मुख्य दंडाधिकारी को सौंप दिया। उत्तर प्रदेश में बुन्दु की हिरासत में हुई मौत की रिपोर्ट आयोग को दी गई। बुन्दु को उस समय मारा गया जब उसने चलती पुलिस जीप से कूदने की कोशिश की। आयोग का मत था कि उसी जीप में कई पुलिस अधिकारी भी थे। फिर भी उसका कूद जाना यही दर्शाता है कि गार्ड कितने लापरवाह थे। इसी तरह पुलिस हिरासत में एक और मौत जिसने आयोग का ध्यान खींचा, बनारस हिन्दू विश्वविद्यालय के एक छात्र की थी। नाम था अटलबिहारी मिश्रा। पुलिस उस पर झूठे और मनगढ़न्त आरोप लगाकर उसे खींच ले गई और बुरी तरह से पीटकर मार डाला। वजह सिर्फ इतनी थी कि लड़के के पिता का वहाँ के स्थानीय नेता से मतभेद था। आयोग ने इस मामले को हाथ में लिया और उनतीस पुलिस अधिकारियों पर कानून की विभिन्न धाराओं के तहत कार्यवाही शुरू की।

इसी तरह आयोग ने उदयन के मामले में जिसकी हत्या केरल पुलिस की हिरासत में हुई, हस्तक्षेप कर उदयन के परिवार को एक लाख रुपए मुआवजे के तौर पर दिलवाए। आयोग की सक्रियता को देख देश के हर कोने से उसके समक्ष शिकायतें आनी शुरू हो गईं। आयोग ने हर मामले में वहाँ की राज्य सरकार से अनुरोध किया कि वह घटना की न्यायिक जाँच करवाए तथा मुआवजा दिलवाए।

रिपोर्ट में दर्ज सारणी से यह पता चलता है कि 1996-97 के दरम्यान सबसे अधिक शिकायतें उत्तर प्रदेश से आईं जिनकी संख्या 8787 से भी ज्यादा है, जबकि बिहार से 2425 शिकायतें दर्ज की गईं।

राज्य सरकार/भारत सरकार द्वारा दर्ज हिरासती हिंसा की सूची :

राज्य/सरकारों/केन्द्रशासित क्षेत्रों द्वारा दिया गया हिरासती मौतों का ब्यौरा

क्रम सं.	राज्य/केन्द्रशासित क्षेत्र का नाम	पु.हि.	न्या.हि.	कुल	पु.हि.	न्या. हि.	कुल
		०१.०४.९५ से ३१.०३.९६ तक			०१.०४.९६ से ३१.०३.९७ तक		
1.	आन्ध्र प्रदेश	10	45	55	27	70	97
2.	अरुणाचल प्रदेश	–	–	–	2	–	2
3.	असम	7	15	22	13	12	25
4.	बिहार	8	67	75	14	79	93
5.	गोआ	–	–	–	2	–	2
6.	गुजरात	15	4	19	18	32	50
7.	हरियाणा	4	5	9	2	7	9
8.	हिमाचल प्रदेश	–	1	1	1	–	1
9.	जम्मू और कश्मीर	15	–	15	4	–	4
10.	कर्नाटक	3	10	13	8	28	36
11.	केरल	2	2	4	6	9	15
12.	मध्य प्रदेश	2	7	9	8	7	15
13.	महाराष्ट्र	9	25	34	21	180	201
14.	मणिपुर	4	–	4	1	–	1
15.	मेघालय	–	3	3	–	10	10
16.	मिजोरम	–	2	2	–	–	–
17.	नागालैंड	2	–	2	2	1	3
18.	उड़ीसा	2	8	19	3	10	13
19.	पंजाब	8	8	16	5	12	17
20.	राजस्थान	6	11	17	5	25	30
21.	सिक्किम	1	–	1	–	–	–
22.	तमिलनाडु	4	1	5	3	18	21
23.	त्रिपुरा	–	–	–	–	–	–
24.	उत्तर प्रदेश	13	24	37	32	129	171
25.	पश्चिम बंगाल	14	37	51	6	42	48
26.	अंडमान और निकोबार	–	–	–	–	–	–
27.	चंडीगढ़	–	–	–	–	–	–
28.	दादर और नगर हवेली	–	–	–	–	–	–
29.	दमन और दीव	–	–	–	–	–	–

क्रम सं.	राज्य/केन्द्रशासित क्षेत्र का नाम	पु.हि.	न्या.हि.	कुल	पु.हि.	न्या. हि.	कुल
		०१.०४.९५ से ३१.०३.९६ तक			०१.०४.९६ से ३१.०३.९७ तक		
30.	दिल्ली	7	33	40	5	19	24
31.	लक्षद्वीप	–	–	–	–	–	–
32.	पांडिचेरी	–	–	–	–	–	–
	कुल	136	308	444	188	700	888

पु.हि. : पुलिस हिरासत न्या. हि. : न्यायिक हिरासत

आरक्षी चयन, प्रशिक्षण और विकास के अध्ययन के पश्चात सिंडीकेट अध्ययन, 1979 ने कहा है कि आजादी के समय भारत ने जो पुलिस विरासत में पाई उसका बहुत थोड़ा हिस्सा भारतीयों के नेतृत्व में था और सहयोगी दस्ता जिसे निर्ममतापूर्वक बल-प्रयोग करने का प्रशिक्षण दिया गया था, भ्रष्ट था और उसके मन में आम भारतीय की गरिमा के प्रति तिरस्कार का भाव था।

चूँकि पुलिस यह तय करने में कि कानून कब, कहाँ, कैसे और क्यों लागू किया जाए, कर्त्तव्यहीन, निरंकुश और दिशाहीन थी अत: ऐसी स्थिति में कानून का जो हश्र होना था वह तय था। कुल मिलाकर यही बात सामने आती है कि आजाद भारत में पुलिस व्यवस्था में एकदम अक्षम है तथा इसमें आमूल-चूल परिवर्तन की जरूरत है। व्यवस्था की संरचना में सुधार एवं उसकी प्रक्रिया को मानवीय बनाने तथा लोकतन्त्र एवं मानव-गरिमा के महत्त्व को समझने की चेतना पैदा करने के लिए भगीरथ प्रयत्न की आवश्यकता थी।

अनुभव बताता है कि पुलिस सन्देह में घिरे आदमी से बड़ी बेरहमी से पेश आती है। वह सन्देह के घेरे में डालकर किसी भी आदमी को कहीं से भी पकड़ लाती है और फिर पूछताछ कर भारी यातना देती है। कानूनी तौर पर सन्देहास्पद व्यक्ति का नाम चौबीस घंटे तक किसी रजिस्टर वगैरह में नहीं चढ़ाया जा सकता है और इसी दौरान पुलिस उसकी जिन्दगी से खेल जाती है या फिर हाथ-पाँव तोड़ डालती है। अधिकांश मामलों में ये लोग गरीब, निरक्षर एवं मासूम होते हैं। यही वह जगह है जहाँ पुलिस के अधिकार को पूरी तरह खत्म कर देने की जरूरत है और जब तक कोई दूसरी व्यवस्था नहीं हो जाती है, न्यायपालिका को चाहिए कि वह पुलिस

द्वारा दी जा रही यातना पर नजर रखे।

न्यायाधीशों के काम को आसानी से करने के लिए सरकार वकील नियुक्त कर सकती है जो कैदियों की हालत पर नजर रखें। सौ कैदियों के मामले की देखरेख के लिए एक वकील काफी है बशर्ते कि सरकार उन्हें पारिश्रमिक देने को तैयार हो जैसा कि वह लोक अभियोजकों के साथ करती है।

आयोग द्वारा तैयार की गई रिपोर्ट बड़ी अर्थपूर्ण हो जाती अगर कार्यपालिका और व्यवस्थापिका को परामर्श देने के स्थान पर उसे अपने निर्णयों को लागू करने का पर्याप्त अधिकार होता। तब इस तरह न्याय-व्यवस्था में वह काफी सहायक होता।

शिकायतों का वर्गीकरण जिस पर आयोग द्वारा 1996-97 के अन्तर्गत विचार किया गया।

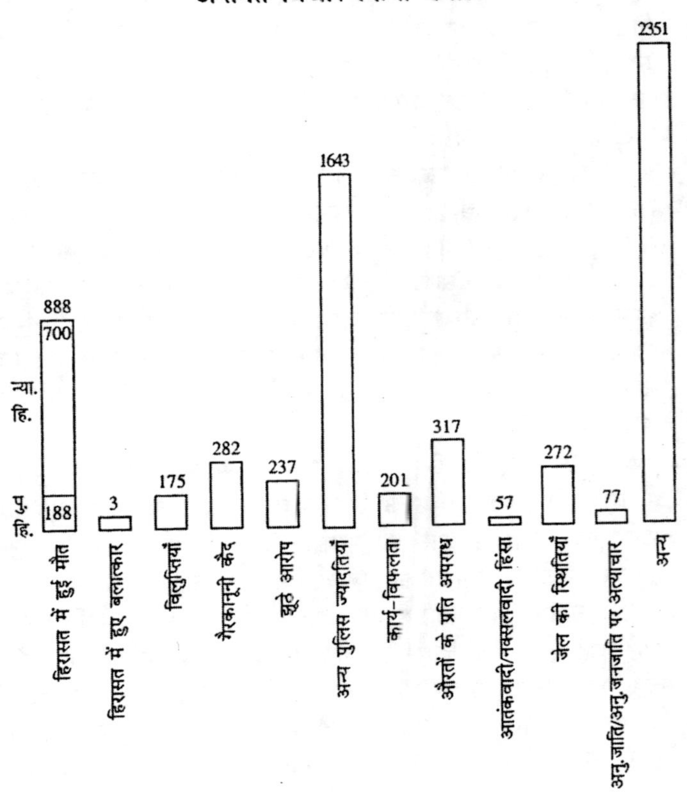